- 호다  **Hoda Kotb**

NBC 〈데   98년부터 NBC
〈데   의 저서 《호다,
그리   너를 쭉 사랑해
왔어   《너는 내 행복이야(You Are My
Happy)》《내게 하는 말(This Just Speaks to Me)》은 〈뉴욕타임스〉 베
스트셀러에 오르기도 했다. 네 번의 에미상 수상에 이어 2019년까
지 여러 차례 그레이시 어워드를 수상했으며, 피바디 어워드(2006),
에드워드 R. 머로 어워드(2002)도 수상했다. 현재 뉴욕에서 남편 조
엘과 두 딸 헤일리, 호프와 함께 살고 있다.

- 제인 로렌치니 **Jane Lorenzini**

2018년 10월 소설 《비가 내린 후(After the Rain)》로 데뷔했다. 그 전
에는 13년 동안 텔레비전 뉴스 앵커와 리포터로 활약했다. 호다와는
《호다, 그리고 10년 후》《우리가 속한 곳(Where We Belong)》 두 권
의 베스트셀러를 공동 집필했다. 제인은 현재 테네시주에 살면서 여
러 매체에 글을 쓰고 있다.

- **김미란** 옮김

동덕여대 경영학과를 졸업하고 해운항공 업계에서 일하다 현재 바
른번역 소속 전문 번역가로 활동하고 있다. 《누구나 혼자만의 시간
이 필요하다》《뉴알파》《스페셜티 커피 멜버른》《라우라 화이트가
사라진 밤》《열쇠공, 뉴욕을 엿보다》《엄마와 보내는 마지막 시간
14일》《폴리, 나 좀 도와줘》《패셔너블 셀비》등의 단행본과 《킨포
크》《시리얼》《라곰》시리즈 등을 우리말로 옮겼다.

오늘
나에게
정말
필요했던
말

I Really Needed This Today

오늘
나에게
정말
필요했던
말

1일
1페이지
일상의
따옴표

호다 코트비
제인 로렌치니

김미란 옮김

한국경제신문

Dear. _____

당신의 오늘을 응원합니다.

명언은 오늘을 바꾸고 삶을 바꾼다

사람들이 영감 어린 명언을 좋아하는 이유가 뭘까 골똘히 생각해본 적이 있다. 물론 그 생각을 하게 된 건 나야말로 명언을 좋아하기 때문이다. 사회학자 머리 데이비스(Murray Davis)가 명언을 '간결한 말로 표현한 좋은 생각'이라고 정의했는데, 나 역시 전적으로 동의한다. 데이비스는 명언이 사람들에게 영감을 주는 이유가 심오하면서도 보편적이기 때문이라고 말했다.

잘 알려진 명언 하나를 보자.

"어려울 때 친구가 진정한 친구다."

어떤가. 이 짧은 문장이 마음을 흔들어놓지 않는가? 나에겐 누가 진정한 친구인지 한번 생각해보게 되지 않는가? 그러다 보면 한 친구가 떠오르면서 절로 마음이 포근해지고, 나는 또 어떤 친구일지 생각해보게 됐을 것이다.

나는 늘 명언을 사랑하고 자주 쓰는데, 나만 그런 건 아닌 듯하다. 명언에 관한 책뿐 아니라 각국 명언을 모아놓은 웹사이트도 있고, 티셔츠나 머그잔, 심지어 마우스패드에도 명언 한 줄씩은 적혀 있는 걸 보면 말이다. 명언은 추억을 떠올리게 하고, 희망을 불러일으키며, 지금 처한 상황을 깨닫게 하는 힘이 있다. 나는 특히 읽고 나서 웃음을 짓게 하는 명언을 더 좋아한다.

1910~1920년대를 풍미했던 작가 에드워드 판즈위스(Edward Farnsworth)는 영감 어린 명언을 '작은 환희'라고 불렀다. 정말 그렇다. 명언은 우리가 삶이라는 전쟁터에서 기댈 수 있는 작은 위안이다. 삶은 아름다우면서도 고통스러운 것이기에 우리에겐 감정의 기복을 다독여줄 무언가가 필요하다. 그 일을 훌륭히 해내는 게 명언이다. 그 덕에 우리는 다시 기운을 차리고 미래를 향해 나아갈 수 있다.

　길을 가다 문득 명언 하나가 생각나 걸음을 멈춰본 적이 있는가? 기쁨 또는 슬픔의 눈물로 키보드를 적시며, 마치 인생이 걸린 문제라도 되듯 이리저리 명언을 검색해본 적은? 깊은 밤 또는 파랗게 동이 터오는 시각에 머리를 탁 때리는 듯한 문장 한 줄을 발견하고 전율을 느껴본 적은 없는가? 인생이라는 스웨터는 좋은 일과 나쁜 일이 씨줄과 날줄처럼 얽혀 있다. 좋은 일은 물론 누구나 바라지만, 나쁜 일도 감당해야 하는 게 인생이다. 몸이 아플 때, 지독한 이별을 했을 때, 일이 뜻대로 되지 않아 절망에 빠졌을 때 그 구렁텅이에서 빠져나오게 해주는 사다리가 바로 명언이다.

"신은 감당할 만큼의 시련만 준다."

친구 남편이 암과 사투를 벌이고 있을 때 내 마음에 와닿았던 명언이다. 이 한 문장으로 나와 친구 부부는 절망을 이겨낼 수 있었다. 내가 입양 자격 심사 결과를 기다릴 때는 미국 패럴림픽 수영 선수 엘리자베스 스톤(Elizabeth Stone)의 말에 기대 마음을 굳게 먹었다.

"아이를 갖기로 한 건 아주 중대한 결정이었어요. 그건 평생 내 심장을 밖으로 꺼내놓겠다는 것과 같죠."

위대한 명언은 딱 필요한 순간 우리에게 다가온다. 명언은 내 영혼의 비타민과 같아서 이제 명언이 없는 삶은 상상할 수 없다. 나는 거의 매일 책이나 인터넷에서 좋은 문장을 찾아 주변 사람들에게 "이것 좀 봐!"라면서 알려준다. 명언을 공유하는 이유는 그렇게 하면 즐거워지기 때문이기도 하지만, 그 순간에 나와 함께 웃거나 울어줄 사람이 필요해서다.

나는 '이토록 짧은 문장이 내 인생을 이렇게 바꿔놓다니!'라는 생각을 자주 한다. 게다가 그 문장들로부터 깨달음을 얻는 데는 돈 한 푼 들지 않는다! 아침에 잠에서 깼을 때 이유 없이 축 늘어지는 날이 있다. 그럴 때 잘 다듬어진 명언 한 줄을 읽고 나면 어깨를 한번 으쓱 한 뒤 훌훌 털고 일어날 수 있다. 행복하거나 기운이 넘치는 날 명언 한 줄은 나를 훨훨 날아다니게 해준다.

강연에서도 명언을 만날 수 있다. 우연히 접한 전문 강연가 퍼트리샤 러셀 매클라우드(Patricia Russell McCloud)의 강연은 아직도 뇌리에 남아 있다. 누구에게나 짊어진 짐과 올라야 할 산이 있다는 내용이었는데, 청강자 모두가 넋을 잃고 빠져들었다. 매클라우드는 역경을 만났을 때의 경험을 들려주며 이렇게 말했다.

"내가 산을 향해 뭐라고 말했는지 아세요? '산아, 썩 물럿거라!'라고 호통을 쳤죠."

참으로 널리 전파하고 싶은 말이다.

나는 영감을 주고 동기를 부여하는 좋은 연설, 노래, 명언을 가리지 않고 좋아한다. 사람도 함께 나눌 멋진 무언가를 가진 이들에게 끌린다. 평생 살아가면서 나는 얼마나 많은 경험을 하게 될까? 아마 차고 넘치게 많을 것이다. 그렇다 해도 모든 것을 경험할 수는 없기에 나와 다른 세상을 접한 사람을 찾게 된다. 그럼으로써 그가 느꼈던 감정을 나도 느끼고, 그를 움직이게 한 동기에 따라 나도 움직인다. 내게는 그런 행동이 살아 있다는 느낌을 주고, 역경에 더욱 잘 대처할 수 있게 해준다. "역경아, 썩 물럿거라!"

미디어 심리학 전문가이자 커뮤니케이션 컨설턴트인 스콧 소벨(Scott Sobel)은 "영감 어린 명언은 원시적 수준으로 우리에게 영향을 끼친다"라고 말했다. 인간이 본래 야심적이라고 본 심리학자 조너선 페이더(Jonathan Fader) 역시 사고를 변화시키고, 자신이 바꾸거나 극복하기 원하는 걸 발견하는 데 명언이 큰 도움을 준다고 했다.

이것이 내가 인스타그램에 명언을 올리게 된 이유다. 2013년 마지막 날, 새해에 대한 기대와 더 열심히 살겠다는 다짐을 담아 C. S. 루이스(C. S. Lewis)의 다음과 같은 글귀를 올렸다.

"우리 앞에는 지나온 것들보다 훨씬 멋진 일들로 가득하다."

자고 일어나서 스마트폰을 들여다본 나는 깜짝 놀랐다. 밤새 2,900명이 넘는 사람들이 '좋아요'를 눌러준 것이다. 그저 나 자신을 격려하기 위해 올린 글귀였을 뿐인데 말이다.

1월에도 명언을 꾸준히 올렸지만 규칙적이진 않았다. 그렇게 한 달이 흘러 2월이 되자 점점 더 많은 사람이 댓글을 달아주었고, 나는 신이 나서 더 자주 명언을 공유하기 시작했다. 어느새 그 일은 내 아침 일과로 자리 잡았다.

내가 명언을 고르는 과정은 이렇다. 아침 방송을 진행하는 터라 하루를 일찍 시작하는 나는 새벽 3시 45분이 되면 어제 감사했던 일을 15분 동안 열심히 적는다. 그런 다음 나 자신과 머릿속에 떠오르는 누군가의 마음을 움직일 수 있는 명언을 웹이나 핀터레스트(미국 소셜 네트워크-옮긴이)에서 이리저리 검색한다. 그때 선택한 명언은 아주 유명한 말이기도 하고, 내 친구나 가족이 했던 말이기도 하다. 오래된 속담도 있고, 기원을 알 수 없는 글도 있다. 최대한 출처를 밝히기 위해 노력하지만, 들은 지 너무 오래되어 누가 한 말인지 잊은 것도 있다.

가끔은 명언을 찾고 나서야 내가 무슨 말을 하고 싶었는지 깨
달을 때도 있다. 그럴 때는 마치 누군가가 "내가 당신과 함께
있어요"라고 다정하게 말하면서 내 손을 잡아주는 것만 같다.
누군가가 느꼈던 감정을 이해하면서 나도 그와 똑같이 길을 잃
었고, 외롭고, 슬프고, 벽에 부딪혀 있음을 깨달을 때 우리는
모두 혼자가 아니라는 생각에 기운이 난다. 이렇게 명언은 한
낱 문장에 불과하지만, 나를 다시 일어서게 하고 혼란스러움에
서 벗어나도록 동기를 부여한다.

　인스타그램 팔로워들이 '좋아요'를 누르는 데서 그치지 않고
댓글까지 충실히 남겨주는 일이 많은데, 그것을 읽어보는 재미
도 쏠쏠하다. 흥미롭게도, 하나의 명언을 두고 다양한 반응이
쏟아진다. 모두 고개를 끄덕이지만, 그 이유는 제각각인 것이
다. '보편적이지만 개인적인' 현상의 예라고 할 수 있다. 한번
은 이런 명언을 올린 적이 있다.

　"내가 가진 것 중 으뜸은 당신이다."

　이내 많은 엄마가 아기를 으뜸으로 꼽으며 얼마나 행복한지
댓글을 남겼다. 그런데 한 팔로워가 죽어가는 아버지의 손을
잡았던 순간을 글로 남겼다. 그 글을 읽으면서 많은 사람이 삶

의 순환에 관해 아름답고도 예기치 않은 깨우침을 얻었다.

인스타그램 같은 소셜 미디어는 이처럼 여러 가지 면에서 사람들을 연결해준다. 그런데 한편으로는 기술이 오히려 우리를 고독에 빠뜨리기도 한다. 사회적 고립을 연구하는 브리검영대학교의 심리학 교수 줄리앤 홀트 룬스타드(Julianne Holt-Lunstad)는 이렇게 말했다.

"기술은 타인과 소통하는 필요성과 불편함을 없애버렸다. 재택근무를 하고, 인터넷으로 식료품을 주문하고, 침대에서 영화를 볼 수 있게 되면서 사교 클럽, 스포츠팀, 커뮤니티 센터, 자원봉사 기구, 종교단체 등을 통해 사회적인 연결을 추구하는 사람들은 줄었다."

사람들이 늘 외로운 상태로 살아가는 건 아니지만 고통이나 불안, 두려움 탓에 유독 외로움을 느낄 때가 있다. 인터넷에서 찾은 명언이 마음을 위로할 뿐만 아니라 깊은 공감을 불러일으키는 것도 바로 그 때문일 것이다. 무기력에 빠져 있던 사람이 "꼭 내 얘기 같아요", "우리 관계에 대해 생각하게 해주는 글이에요"와 같은 댓글들을 보면서 자신도 힘을 얻기도 한다. 아주

우울한 날 내 기분이 축 처져 명언을 올린 것뿐인데, 그것이 사람들의 가슴에 가닿는 것이다. "내 기분이랑 똑같아요!"라는 댓글을 달면서 자기 혼자 고통받고 외롭다는 느낌에서 벗어나 서로 위로가 되어준다.

그것이 이 책이 나오게 된 이유다. 지금 우리에게는 서로를 갈라놓기보다 함께 모아주는 뭔가가 필요하다. 그래서 이 책은 우리 모두를 위한 것이다. 사는 곳, 출신, 지위 따위는 상관없다. 여기서 소개하는 글귀들은 우리의 현재와 미래를 알려준다. 교훈을 주고, 영감을 던지고, 즐거움을 더하고, 마음을 위로한다. 명언을 읽다 보면 우리가 서로 다르지 않으며, 공통점이 더 많다는 걸 깨닫게 될 것이다. 나도, 그도, 그녀도, 우리 모두 같은 감정을 느낀다고 말이다.

뜨거운 커피를 홀짝이며 책을 펼치고 읽는 당신의 모습을 상상해본다. 한 번에 하나씩, 하루에 하나씩 읽는 명언이 당신에게 말을 건다. 이 책을, 단순히 읽는 걸 뛰어넘어 일상에서 사용하기를 권한다. 한 줄을 읽고 나면 다른 사람들은 어떤 생각을 할까 상상해보라. 우선은 명언 아래에 내 생각을 짧게 곁들였다.

당신의 생각도 여백에 덧붙이면 그야말로 환상적인 책이 되지 않을까?

　1년이 지나면 이 책의 사용법을 저절로 터득하게 될 것이다. 그 경험이 의미 있게 여겨진다면 주변 친구들과도 공유하면 좋겠다. 당신처럼 "오늘 나에게 정말 필요했던 말이야"라고 말하게 될 사람과 말이다.

오늘 하루가 당신의
인생에서 가장 아름다운 날이 될 수
있도록 기회를 주라

마크 트웨인

1월

JANUARY

1월 1일   ●

새해가 당신에게 무엇을 가져다줄지는,
당신이 새해에 무엇을 가져올지에 달려 있다.

번 맥렐란 Vern McLellan   ○

2007년이 내게 가져다준 것을 나는 절대 잊을 수 없다. 바로
캐시 리 기포드다. 우리는 뉴욕의 한 레스토랑에서 우연히 만
났는데 캐시는 NBC 모닝 토크쇼 〈투데이〉 4부를 나와 함께 진
행하기로 약속했고, 이후 우리는 11년째 직장 동료이자 친구
로서 소중한 인연을 이어오고 있다. 〈투데이〉의 한 프로듀서는
프로그램에 합류하기 전까지는 내가 "NBC 홀을 좀비처럼 왔
다 갔다 했다"며 농담을 하곤 한다. 뭐, 어느 정도는 사실이다.
〈데이트라인〉에서 기자로 일하던 나는 좀더 활기찬 일을 하고
싶어 했으니까. 캐시는 내가 상상하지 못했던 길을 열어준 사
람이다. 그저 한 사람을 만났을 뿐인데 그 만남이 하루, 1년,
그리고 인생을 변화시킬 수 있다는 사실이 여전히 놀랍고도 감
사하다.
고마워요, 캐시. 우리 새해를 위해 축배 들어요!

안간힘 쓸 필요 없어요. 그저 인생을 사랑하세요.
행복, 감사, 수용이라는 태풍에 휩쓸리세요.
따뜻하고 착한 마음씨를 가진 사람이 되는 것만으로도 세상은 바뀔 거예요.

애니타 크리잔 Anita Krizzan

○

딱 우리 엄마 이야기다. 엄마는 매일 새로 발견한 모든 것과 사랑에 빠지는 분이다. 그 대상은 레스토랑일 수도, 책일 수도, 그날 만난 사람일 수도 있다. 엄마가 날 보러 기차를 타고 오실 때면 내가 펜실베이니아역에 마중을 나간다. 엄마는 "내가 누굴 만났는지 알면 깜짝 놀랄걸!"이라고 말하며 오는 동안 새로 사귄 친구를 소개해주신다. 그런 다음에 함께 사진을 찍는다. 엄마는 늘 그래 왔고, 앞으로도 그럴 것이다. 새로운 하루가 주는 게 무엇이든, 기쁘게 만끽하며 살아가실 것이다.

당신이 사랑하는 모든 걸 꼽으라고 할 때,
자기 이름은 몇 번째에 말할까?

사나 다바스 Sana Dabbas

인정해야겠다. 나도 내 이름을 맨 처음 대지는 않을 것 같다.
이 문장은 자신을 사랑하고, 그것에 관해 가끔 생각해보라는
훌륭한 깨우침을 준다. "난 나를 사랑해"라는 말이 "나는 형편
없어"라는 말보다 훨씬 좋지 않은가?

1월 4일   ●

당신에겐 이미 날개가 있다.
날기만 하면 된다.

                                                        ○

나는 모든 사람이 날개를 가지고 태어났다고 믿는다. 단지 그
걸 제대로 쓰기 위해 연습하는 시간이 좀 걸릴 뿐이다. 그네에
서 처음으로 휙 뛰어내렸을 때, 부모님이 자전거에서 손을 떼
는 순간 페달을 마구 밟았을 때 우리는 정말로 날았다. 나는 수
영장에서 아버지가 깍지 낀 손으로 내 작은 발을 쳐올려서 공
중으로 던져주셨을 때, 내가 허공으로 솟구치고 있음을 느꼈
다. 우리에게 쭉 날개가 있었단 사실을 잊지 말자.

상처받은 채로 있기보다는 치유되는 게 낫다.

베스 무어 Beth Moore

유방암 절제 수술을 받았을 때 간호사가 나의 수술 부위를 조심스레 닦아주었다. 옆에 있던 거울에 우리 모습이 비쳤다. 친절하고 세심하게 움직이는 간호사 너머로 낙담한 내 모습이 보였다. '아, 이 끔찍한 흉터를 안고 살아가야 하다니.' 나는 두려움과 불안감에 휩싸였다. 하지만 감사하게도, 내 곁에는 흉터까지도 사랑해주는 인생의 동반자가 있다. 흉터는, 우리가 치료됐고 그래서 더 강해졌음을 보여주는 상징 같은 것이다. 인생에서 중요한 게 무엇이고, 그것을 누구와 공유하길 원하는지 명쾌하게 말해준다. 그러니 흉터란 사람들을 서로 연결해주는 고리가 아닐까?

1월 6일

'척'하는 걸 조심하라. 자신을 잊을 수 있으니.

○

나이가 들수록 사람들은 가면을 조금씩 벗는 것 같다. 해마다 내면의 청사진이 점점 세밀해져서, 그걸 토대로 자기만의 세계에서 움직이기 때문이다. 그러면 척하지 않아도 되고, 자기 모습으로 살아갈 수 있다. 생각만으로도 참 좋다.

1월 7일 ●

남을 판단하지 마라.
내가 그에게 어떤 폭풍우를 겪게 했는지 모르지 않는가.

신 God   ○

___

컬럼바인고등학교 총기 난사 사건(1999년에 발생한 사건으로 13명이 사망하고 23명이 크게 다쳤으며, 가해자들은 자살했다―옮긴이) 20주기에 생존자들과 유족들을 인터뷰했다. 나는 그 자리에서 엿본 사랑의 힘에 무척 깊은 인상을 받았다. 베스 님모는 딸 레이철을 잃었지만, 가해자를 용서하는 걸 뛰어넘어 가해자 중 한 명의 어머니와 만나기로 했다.

"우리 둘 다 아이를 잃었지만, 그 어머니는 비난과 증오 속에 살아가고 있었어요"라고 베스는 말했다. 만남이 있기 전 베스는 가해자의 어머니인 수 클레볼드를 만나면 무슨 말을 해야 할지 신에게 물었다고 한다. "1999년 4월 20일 전의 아들에 대해 물어보라고 신이 말씀하셨죠."

두 어머니가 만났을 때 수는 베스의 질문에 너무 감동해서 울기 시작했다. 그녀는 "어릴 적 아들의 모습에 대해선 누구도 알고 싶어 하지 않았어요"라고 말했다. 베스도 눈물을 훔치며 말했다. "저는 엄마의 마음을 봤어요."

말조차 하기 힘들 땐 내 옆에 앉으세요.
나도 침묵에 능숙하니까요.

R. 아널드 R. Arnold ○

대학생 때 갑자기 아버지가 돌아가셨다. 어찌할 바를 몰랐던 나는 모든 것을 거부하기 시작했다. 일부러 안경을 벗고 세상을 흐릿하게 봤고, 귀에 이어폰을 끼고 음악을 크게 틀고 다니며 누구와도 대화를 하지 않았다.

어느 날 시험을 보는데, 갑자기 울컥하고 감정이 북받쳤다. '아, 도저히 더는 못 견디겠어.' 나는 자리에서 벌떡 일어나 가방을 집어 들었다. 문으로 나가려는데 교수님이 불러 세웠다. "시험을 안 보면 낙제일세." 나는 개의치 않고 그대로 나왔다. 그때 함께 시험을 보던 친구 페기 폭스가 내 뒤를 쫓아왔다. 우리는 연못가 벤치에 앉았고, 페기는 아무 말도 하지 않았다. 그때 나는 그녀의 존재만으로도 엄청난 위로를 받았다.

1월 9일　　　　　　　　　　　　　　　　　　　　●

엄마의 눈을 보면 지구상에서 가장 순수한 사랑이 뭔지 알 수 있다.

미치 앨봄 Mitch Albom　　　　　　　　　　　　　　　　○

나는 방송을 마치면 곧장 엄마한테 전화한다. 11년 동안 11시 1분이면 어김없이 그렇게 해왔다. 그럼 엄마는 마치 내 쇼를 오늘 처음 본 것처럼 말씀하신다. "너 정말 멋있었어!" "오늘 입은 보라색 드레스 정말 예쁘더라!" "호다, 정말 끝내줬어! 어쩜 그렇게 편안해 보이니?"

대개 부모들은 어쩌다 마음 내킬 때만 자녀를 응원하는데, 우리 엄마는 그렇지 않다. 항상 진심으로 응원해주신다. 첫째 딸 호프를 입양했을 때도 엄마는 내 출산 휴가가 언제까지냐고 물으셨다. 얼른 TV에서 내 얼굴을 보고 싶어서다.

출산 휴가 기간에 엄마와 함께 인기 가수 토머스 레트의 콘서트를 보러 간 적이 있는데, 엄마는 내 영상을 찍어서 내 전화로 전송해주셨다. "우리 딸, 진짜진짜 멋져!!!!!" 엄청나게 많은 느낌표를 붙여서 말이다. 이제 두 딸을 둔 엄마가 되고 보니 엄마가 할라 언니와 나, 그리고 남동생 아델 우리 삼 남매를 어떤 심정으로 바라보는지 조금은 알 것 같다.

혹시 직장에서 잠들면
"예수님의 이름으로 기도합니다"라고 말하며 천천히 일어나라.

○

이 문장을 처음 봤을 때 웃음이 빵 터졌다. 정말 요긴한 팁 아
닌가?

과거로 당신을 정의하지 마라.
과거는 교훈일 뿐 종신형 선고가 아니다.

○

과거에 대해 기분을 가볍게 해주는 글이다. 과거는 질질 끌고
다니는 족쇄여선 안 된다. 과거를 단지 교훈을 주기 위한 일들
이라고 생각하면, 오늘을 조금 더 자유롭게 살아갈 수 있을 것
이다.

사실 지금도 충분하다.

○

자신에게 말하라.
다른 사람에게도 말하라.
이 말을 널리 퍼트리자.

1월 13일 ●

사람들에게 잘해라.

○

어느 날 아침 덴버 공항에서 한 후드 티가 내 눈을 사로잡았다.
옷에 바로 이 문구가 쓰여 있었다.
나는 즉시 그 후드 티를 샀다. 그건 짧고 명확한 메시지를 사람
들에게 편하게 보여줄 수 있는 광고판이니까.

1월 14일 ●

곤경은 평범한 사람들이 특별한 운명을 맞이하도록 준비하게 한다.

《나니아 연대기: 새벽 출정호의 항해》 ○

정말 그렇다. 우리가 역경과 싸울 때 운명은 적당한 때를 알아챈다. "좋아, 네 힘은 잘 봤어. 그런 너를 위해 내가 특별한 걸 준비했지."

1월 15일 ●

힘든 문제에 대해 말하기보단 축복받은 것에 대해 말하라.

○

맞는 말이다. 인생에서 잘되고 있는 일에 집중하는 것이 가장 좋다. 생각이 곧 에너지이기 때문이다. 굳이 힘든 문제에 에너지를 모으기보다는 잘되는 문제가 더 잘되도록 하는 게 효율적이지 않은가?

1월 16일 ●

살다 보면 누군가가 너무 그리워서
꿈속에서 데리고 나와 진짜로 안아주고 싶을 때가 있어.

○

버지니아공대에 다니던 대학교 3학년 때까지 내 인생은 참으로 순탄했다. 하지만 어느 날 밤, 모든 것이 바뀌었다. 남동생 아델이 우리 학교 여학생 클럽으로 달려와서는 아버지가 심장 병으로 돌아가셨다고 말했다. 눈앞이 캄캄했다. 너무나 갑작스럽게 내 삶에서 가장 중요한 한 사람이 떠나간 것이다. 우리 가족의 상심은 이루 말할 수가 없었고, 시간이 오래 지나서도 상처는 깊기만 하다. 특히 딸아이를 품에 안고 있을 때면 더욱 그렇다.

언젠가부터 딸 헤일리를 재울 때 아버지 이름이 등장하기 시작했다. 헤일리는 "안녕히 주무세요, 할머니. 안녕히 주무세요, 엄마, 아빠"라고 인사한 후 침대로 들어간다. 내가 헤일리 옆에 누운 다음, 우리는 입을 맞춰 천장을 보고 인사한다. "안녕히 주무세요, 하느님." 그런 다음 딸이 작은 목소리로 "안녕히 주무세요, 압델"이라며 할아버지께 인사하는데, 그럴 때면 온갖 감정이 북받친다.

아버지, 안녕히 주무세요.

머리를 바싹 틀어 올려 묶고
커피를 마신 다음,
한번 해보자.

○

이렇게 덤벼서 못 할 일이 있을까?

자, 당신도 준비됐는가?

누군가와 함께 웃다가,
문득 내가 그 상황과 그 사람의 존재를 좋아한다는 걸 깨닫곤 한다.

○

만날 때마다 웃음을 선사하는 사람이 있다. 시리우스(Sirius) 라디오에서 일하던 시절 친한 친구이자 어시스턴트였던 케이티가 그렇다. 나는 알 만한 사람은 다 알 만큼 정리에 젬병인데, 특히 가방 속이 어지러운 걸로 유명하다. 케이티는 나를 보면 제일 먼저 가방에 눈을 준다. 그러고는 깔끔히 정리해주겠다며 안에 있는 물건들을 하나씩 꺼내기 시작한다. 안경, 메모지와 펜, 영수증을 비롯한 온갖 잡다한 물건이 끊임없이 나온다. "기다려, 아직 한참 멀었어!"라고 너스레를 떨면서 케이티는 모인 사람들이 배꼽을 잡게 한다.

지금 그 가방은 없어졌지만 케이티는 여전히 내 곁에 있다. 케이티는 내가 아는 사람 중에서 가장 재미있는 사람이다.

당신의 존재 또는 부재가 누군가에게 의미를 준다는 걸
아는 것만큼 기분 좋은 것도 없다.

○

내가 방에서 나가면 누군가가 운다는 사실이 여전히 놀랍기만
하다. 그리고 내가 집에 돌아오면 한바탕 나를 위해 퍼레이드
를 벌인다. 헤일리와 호프, 너희가 나의 그 누군가란다.

1월 20일 ●

누군가에게 깊이 사랑받으면 힘이 생기고,
누군가를 깊이 사랑하면 용기가 생긴다.

노자
○

오늘 세상으로 나가서 누군가에게 사랑을 주자. 그 세상이 꼭
거창한 것일 필요는 없다. 나는 우리 집 주방이라는 세상에서
어린 두 딸에게 넘치도록 사랑을 준다.

어젯밤 남편과 소파에 앉아 있을 때 내가 말했다. "사랑해."
남편이 물었다. "지금 당신이 말한 거야? 와인이 말한 거야?"
내가 대답했다. "내가 와인에게 말한 거야."

○

이 글에 카슨 데일리가 이렇게 댓글을 달았다. "우리 어머니가
말한 건가!"

NBC에서 카슨을 처음 만났을 때 나는 그를 재미있고 진행도
잘하는 음악가라고만 생각했다. 그러나 일로 자주 만나게 되면
서 그에 대해 좀더 깊이 알게 됐고, 특히 그가 부모님 두 분을
연달아 여읜 2017년에는 더욱 그랬다.

시간이 어느 정도 흐른 뒤 카슨을 방송에서 다시 만나 당시의
슬픔에 관해 이야기를 나눴다. "6월까지만 해도 두 분 다 정정
하셨기에 죽음을 받아들이기가 힘들었어요. 그때 충격이 워낙
커서 아직도 슬픔에서 벗어나지 못하고 있어요." 그는 자신이
얼마나 힘들었고, 지금도 얼마나 힘든지 이야기하면서 늘 감
정에 솔직하고자 한다고 말했다. "왜 감정을 숨겨요? 기쁨만큼
슬픔도 소중한 감정인걸요."

내가 올린 와인 글에 카슨이 돌아가신 어머니를 언급한 게 참
좋다. 카슨의 어머니는 여전히 아들과 함께하신다.

안 좋았던 어제를 생각하느라
좋은 오늘을 망치지 말라.
어제는 떠나보내라.

○

어제야, 너한테 정말 신물이 나.

부디 잘 가!

지금 여기 있어라.

람 다스 Ram Dass   ○

제니퍼 밀러와 알고 지낸 지 12년째인데, 그동안 내게 이 말을
어찌나 자주 했던지 그녀를 보면 이 말이 제일 먼저 떠오를 정
도다. 제니퍼는 이 말을 어머니한테서 배웠다고 한다. "지금 여
기 있어라." 이 말은 제니퍼에게는 추억으로, 나에게는 일종의
기도문으로 다가온다. 제니퍼는 상황이 어떻든 현재의 소소한
것에 감사하자는 의미를 전달하고 싶어서 내게 이 말을 한다.
"와! 호다, 우리가 지금 이 순간에 존재하고 있어."

자기 자신이 되어서 전에 없던 멋진 것을 세상에 내놓아라.

에드윈 엘리엇 Edwin Elliot   ○

당신은 세상에 하나뿐인, 유일한 사람이다. 더군다나 오늘의
당신은 이전에도 없었고 이후에도 없을, 특별한 사람이다.

이기기 위해선 몇 번이고 싸워야 할지도 모릅니다.

마거릿 대처 Margaret Thatcher ○

오늘 하루의 전투가 지겹게 느껴졌더라도 이 글이 기운을 북
돋길 바란다. 우리는 지쳤을지언정 결국에는 승리할 거라고
믿자.

1월 26일 ●

모든 건 마음가짐에 달렸다. 그리고 일관되고 올바른 일을 하는 것에 달렸다. 우리에겐 그런 능력이 있다. 우리 안에는 하고 싶은 건 무엇이든 할 능력이 있으니 그저 열심히만 하면 된다.

제니퍼 로페즈 Jennifer Lopez ○

많은 노력가를 만나봤지만, 제니퍼 로페즈를 따라올 사람은 없다. 공연 투어를 앞두고 제니퍼를 인터뷰한 적이 있는데, 매번 철저하게 준비하는 모습에 깜짝 놀랐다. 제니퍼는 완벽하다고 생각될 때까지 처음부터 끝까지 연습하고 또 연습한다. 그러고 나서도 조금 더 연습한다. 그러니 어찌 인기가 없겠는가.

인생에서 벌어진 모든 좋은 일은 뭔가가 바뀌었기 때문에 일어났다.

앤디 앤드루스 Andy Andrews ○

당신은 오늘 무엇을 바꾸었나? 새로운 직장으로 옮겼든, 새 동네로 이사를 했든, 평소 가지 않던 길을 걸어 출근을 했든, 하다못해 가르마 방향을 바꿨든, 뭔가 다른 걸 시도했는가?

일어나요, 미녀님.
야수가 될 시간이에요.

○

세상이여, 덤벼라.
내가 다 이겨줄 테다.

1월 29일

인생을 한 번 산다고? 거짓말이다.
우리는 매일 산다. 단지 한 번 죽을 뿐이다.

○

내가 레아 체이스를 좋아하는 이유는 엄마처럼 푸근하게 안아주기 때문이다. 셰프 레아는 뉴올리언스에서 레스토랑 두키 체이스를 운영하는데, 모든 손님을 마치 엄마처럼 따뜻하게 안아준다. 크레올 요리(인도와 프랑스 조리법이 합쳐진 요리-옮긴이)의 대가로 알려진 레아는 무려 70년 동안 맛있는 음식으로 사람들을 한데 모으는 데 헌신했고, 그 공로로 아흔세 살에 제임스 비어드 재단(James Beard Foundation) 평생 공로상을 받았다.

"사람들에게 항상 말하죠. 냄비와 사랑에 빠져야 한다고요. 저 냄비에 모든 애정을 쏟아야 해요. 바쁘면 샌드위치나 먹고 갈 수밖에요. 바쁘면 요리를 제대로 할 수가 없거든요."

레아는 2019년 아흔여섯 살에 세상을 떠났다. 레아의 음식도 그립지만, 그녀의 멋진 포옹이 더 그립다.

1월 30일

인생은 그냥 두면 더 나아진다.

게리 트레이너 Gary Trainor

가수 메건 트레이너가 내게 이 말을 하면서 울먹거렸다. 그녀
의 아버지가 한 말이었기 때문이다. "아버지는 늘 제 편이셨어
요. 제 편이 아무도 없을 때조차요"라고 그녀는 말했다. "제가
하는 모든 건 아버지한테 영감을 받은 거예요."

게리는 딸이 불평을 쏟아낼 때마다 "인생은 그냥 두면 더 나아
진단다"라고 말하며 위로하고 격려했다. 인생을 살아가다 보면
많은 게 자기 뜻대로 되지 않지만, 인생을 대하는 태도만큼은
자기 뜻대로 할 수 있다는 의미라고 그녀는 설명해주었다. 상
황이 좋지 않더라도 긍정적으로 바라보는 습관을 가지라는 얘
기다.

신이 우리에게 닫힌 입과 열린 귀를 주신 건 뭔가 뜻이 있어서다.

○

캐시 리 기포드를 만나기 전까지 나는 NBC의 〈데이트라인〉에서 인터뷰를 진행했는데, 질문을 해놓고 대답은 잘 듣지 않았다. 머릿속에서는 '다음 질문은 뭘 하지? 이걸 어떤 식으로 접근해야 하나? 이 이야기를 어떤 말로 받지?'라는 생각을 하고 있었다. 내 앞에서 상대방이 열심히 하는 얘기에 나는 오롯이 집중하지 못했다.

이런 나를 변화시킨 건, 〈투데이〉를 진행하던 중 "저 빌어먹을 토픽 카드 좀 없애면 안 될까? 그냥 치워버리자!"라고 한 캐시의 말이었다. '응? 프로듀서들이 우리를 위해 정성껏 준비한 카드를 치우자고?' 어리석은 짓 같았다. 하지만 그렇게 했다. 카드를 집어치우고 뉴스라는 딱딱함도 벗어던지고, 쇼를 하듯 즉흥적으로 프로그램을 이끌어가기 시작했다.

그날 이후로 나는 〈데이트라인〉에서도 미리 작성된 질문지에 의존하지 않게 됐다. 남의 말을 듣는 자세를 배우기까지 참으로 오랜 시간이 걸렸지만, 어쨌든 나는 결국 배웠다.

2월

FEBRUARY

머리 안에 뇌가 있고
신발 안에 발이 있다면,
원하는 방향 어디든 가도 좋다.

닥터 수스 Dr. Seuss

○

전적으로 옳은 말이다!

하고 싶은 일이 떠오르거든 이것저것 재지 말고

즉시 시작하자.

기다림을 믿어라. 불확실함을 받아들여라.
되어가는 과정의 아름다움을 즐겨라.
어떤 것도 확실하지 않다면 어떤 것도 가능하다.

맨디 헤일 Mandy Hale
○

나는 대부분의 일에서 느긋한 성격이지만 어떤 부분에서는 내 뜻대로 해야 직성이 풀리는 면도 있다. 그런데 지난 몇 년 동안 내 인생에서 계획하지 않았던 일들(유방암, 이혼, 입양)이 많이 일어나다 보니 자연스럽게 불확실함을 받아들이게 된 것 같다. 아무리 운전을 하고 싶더라도 뒷자리에 앉아서 느긋하게 풍경을 즐기는 편이 나을 때가 있다. 그런데 언제 내가 직접 통제하고, 언제 손을 놓고 일이 알아서 돌아가게 할지를 판단하는 건 아직도 어렵기만 하다.

2월 3일

큰 소리는 강하고 조용한 소리는 나약하다는 생각은 버려라.

○

이 글을 보면 외유내강의 표본인 내 동생 아델이 떠오른다. 아델은 늘 한결같이 조용하면서도 강한 면모를 지녔다. 그에 관해 얘기하자면 끝이 없지만, 2월의 어느 날 밤 날 찾아왔던 때를 빼놓을 수가 없다.

아델은 버지니아공대 여학생 클럽에 들어와서 내게 정중하게 잠시 나가자고 부탁했다. 환하게 웃다가 아델의 외출복을 보고 돌연 굳어버린 나를 동생은 가만히 바라봤다. '무슨 일이지?' 처음에는 그냥 나를 보러 잠깐 들른 줄로만 알았는데 예삿일은 아닌 듯싶었다. "밖으로 나가자." 나를 밖으로 데리고 나와 차에 태우는 아델에게 대체 무슨 일이냐고 다그쳤다.

아버지가 갑자기 돌아가셨다는 말을 내게 전하러 오기까지, 그리고 전하던 순간까지 아델은 자신의 충격과 슬픔을 억누르느라 무척 고통스러웠을 것이다. 그런데도 끝까지 침착함을 유지했다. 조용하면서 강한 게 있다는 사실을 나는 그때 실감했다.

2월 4일   ●

사람들이 제안하는 것을 받아들이세요.
그들이 내미는 밀크셰이크를 마시고, 그들이 주는 사랑을 받으세요.

윌리 램 Wally Lamb   ○

우리는 왜 남이 주는 걸 쉽게 받아들이지 못할까? 그리고 남에게 도움 구하는 걸 왜 그토록 힘들게 여길까? 나도 도와달라는 말을 잘 하지 못했다. 난 늘 모든 걸 내가 하려 했고, 그래서 결국엔 관계가 어그러졌다. 나를 떠난 파트너들은 한결같이 이렇게 말했다. "내가 그다지 필요하지 않은 것 같아서…" 내 맘은 그게 아니었는데 말이다.

그래서 이제 조엘한테는 그러지 않으려고 노력하고 있다. 조엘이 "그건 내가 할게"라고 말하면 "아냐, 괜찮아"라고 말하는 대신 "응, 대신 해줘서 고마워"라고 더 자주 말하려고 한다.

2월 5일

목소리가 떨리더라도 속마음을 말하세요.

매기 쿤 Maggie Kuhn

○

한 친구가 인생에서 아주 힘들었던 시기에 내가 도움의 손길을
내밀지 않아서 서운했다는 얘기를 용기 있게 하는 걸 보고 이
문장을 인스타그램에 올렸다.

그 친구가 속내를 털어놓기까지 얼마나 고민스러웠을지 생각
해봤다. 우리는 만나서 깊은 이야기를 나누며 애정을 재확인했
다. 떨리는 목소리로 나를 불러내 준 친구가 그렇게 고마울 수
없다.

2월 6일 ●

옷차림이 마음에 들 때 훨씬 좋은 사람이 된다.

○

입고 있는 옷이 마음에 들면 당연히 기분이 좋다. 누군들 그렇지 않으랴. 특히 나는 좋아하는 옷이 있으면 너덜너덜해질 때까지 그것만 입는 편이다. 〈투데이〉 진행을 맡은 초기에 프로듀서들의 장난기가 발동해 매일같이 주황색 스웨터를 입고 있는 나의 영상과 사진들을 방송에 내보낸 적이 있다. 내가 옷에 얼마나 무신경한지를 만천하에 공개한 셈이다. 난 정말 그 스웨터를 좋아했다! 방송이 나간 후 그 스웨터는 '모든 날의 스웨터'로 유명해졌는데, 실상 속뜻은 '그것 좀 그만 입어!'였다. 그래도 좋은 걸 어쩌겠는가.

당신을 살아 있게 하는 게 뭔지 물어보고 그것을 하라.

하워드 서먼 Howard Thurman

살다 보면 '내 삶의 목적이 뭐지?'라는 질문이 때때로 찾아온다. 으악! 불안감을 조장하고 자기 회의를 느끼게 하는 질문 아닌가? 친구이자 직장 동료인 마리아 슈라이버는 그 질문의 무게를 가볍게 하는 좋은 방법을 알고 있다. 마리아는 대신 이렇게 질문한다. '내게 의미 있는 게 뭘까?' 이 질문에 대한 답이 우리를 있어야 할 곳으로 데려다줄 거라고 마리아는 말한다.

참 괜찮은 것 같아서 나도 써먹고 있다. '오늘 하루 나에게 의미 있는 게 뭐지?' '이 일은 나에게 어떤 의미가 있을까?' 이런 질문을 거듭하다 보면 나를 가장 살아 있게 하는 일 또는 대상에 조금씩 다가가는 기분을 느낀다.

2월 8일　　　　　　　　　　　　　　　　　　　　　　　●

1년에 하루 정도는 부담감을 내려놓고
몸이 원하는 걸 먹어도 되지 않을까?

　　　　　　　　　　　　　　　　　　　　　　　　○

초콜릿, 아이스크림, 케이크를 보면서 칼로리를 떠올리지 않아
도 되는 날. 그런 하루를 자신에게 선물하자!

하고 싶은 일이 생기면,
거꾸로 5를 세고 바로 뛰어들어라.

멜 로빈스 Mel Robbins　　　　　　　　　　　　　　　　　○

한 번도 해본 적 없는 어떤 일을 해보고 싶다는 생각이 들 때가 있다. 하지만 대개는 머릿속에서 잠깐 떠올랐다가 사라지고 만다. 그 일들 중 한 가지라도 직접 해봤다면 지금 나는 어떻게 달라져 있을까? 다음에 또 그런 일이 생기면, 핑계가 나를 눌러앉히기 전에 잽싸게 일어나야겠다.

2월 10일 ●

모든 사람의 모든 이야기 뒤에는 어머니가 있다.
어머니는 우리가 시작한 곳이기 때문이다.

미치 앨봄 ○

우리 엄마는 '강인함'과 '낙천적'이란 단어를 빼고는 이야기할수 없는 분이다. 내가 평생 봐온 엄마는 어떤 상황에서든 아침이면 결연하고 행복에 찬 모습으로 일어나셨다. 어릴 때 우리삼 남매는 "위대하고 큰 태양이 떴어. 세상이 온통 축복이야!"라고 생기 있게 외치는 엄마의 목소리를 들으며 잠에서 깼다. 엄마가 열어주는 세상에서는 모든 게 화창하기만 했다. 아이하나는 갓 대학교를 졸업했고 둘은 아직 대학생이던 무렵 남편을 갑자기 잃었을 때도, 엄마는 여전히 강인하고 희망에 찬 모습으로 우리를 위해 자리를 지키셨다.

지금은 내가 아침에 커튼을 걷으면 헤일리가 "안녕, 뉴욕아!안녕, 허드슨강아!"라고 외친다. 정말 아름다운 인사 아닌가!엄마는 해가 뜰 때 긍정적인 사람이 되라고 가르치셨고, 이제는 내가 딸에게 똑같이 가르치고 있다. 어떤 상황에서도 세상은 좋은 거라고 여기게 하는 것, 그것이 부모가 자녀에게 줄 수있는 최고의 선물 아닐까.

나중인가 첫날인가, 결정하라.

파울로 코엘료 Paulo Coelho ○

'나중'은 잊히고 만다. 그러나 '첫날'은 절대 잊을 수 없다. 새 일을 시작하는 첫날, 일을 그만둔 첫날, 우리는 "그래, 해보자!"라고 말한다. 그게 시작이다. 첫날을 선택하라!

머리는 단지 일부만 안다.
그러나 내면의 목소리, 내면의 본능은 모든 것을 안다.
본능적으로 아는 것에 귀 기울인다면 당신은 항상 옳은 길로 갈 것이다.

헨리 윙클러 Henry Winkler

○

아주 오랫동안 내 심장 박동은 영혼을 두드려왔다. "당신도 엄마가 될 수 있어. 늦지 않았어." 마침내 용기를 내서 내가 소망하던 것을 소리 내 말했을 때, 운명이 마법을 부리기 시작했다. 만약 당신도 간절히 원하는 게 있다면, 머릿속에만 담고 있지 말고 입을 열어 말해보라.

지금 마주하고 있는 역경은 당신이 원하는 삶에 진심으로 전념할 수 있는지를 확인하는 시험이다.

○

역경은 삶이 우리를 시험하는 방식이다. 우리 부모님은 자식들에게 열심히 일해야 한다고 가르치셨고, 또 몸소 실천하며 현실을 준비하게 해주셨다. 나는 아버지가 안정된 직장을 그만두고 펜실베이니아에서 국제 석유 컨설팅 사업을 시작했을 때 무척 자랑스러웠다. 엄마는 의회 도서관에서 30년 넘게 활동하며 경력을 쌓고 많은 사람과 훌륭한 관계를 만드셨다. 부모님이 그러했듯이, 나도 내 아이들이 원하는 삶에 몰두할 수 있도록 키우고 싶다.

2월 14일 ●

우리는 사랑에 빠졌을 때 가장 생기 넘친다.

존 업다이크 John Updike

○

밸런타인데이는 참 좋은 날이지만, 행복으로 충만한 2월 14일은 내 몫이 아니었다. 누군가의 책상을 향해 가는 멋진 꽃다발처럼 늘 내 옆을 스쳐 지나갔다. 솔직히 내게는 오히려 증오의 밸런타인데이다. 전남편을 밸런타인데이에 만났고, 이혼 서류가 우편으로 도착한 날도 밸런타인데이였다. 이후 여러 번의 밸런타인데이가 꽃이나 카드 없이 지나갔다.

메이크업실에서 나의 밸런타인데이 불행에 관해 캐시에게 고백하고 나서, 우리는 장미와 빨간색 풍선으로 한껏 꾸며진 세트장으로 나갔다. 내가 "해피 밸런타인!"이라는 인사로 쇼를 시작했는데, 뒤이어 캐시가 "당신만 빼고요!"라고 말하는 게 아닌가. 어쩔 수 없이 나는 방송에서 내 사연을 고백할 수밖에 없었다.

당신에게도 혹시 이날이 가혹하게 다가오는가? 그 심정을 백 번 이해한다. 사랑을 찾지 못해 고독한 하루를 보내고 있다면 곁에 내가 있다는 걸 기억해주면 좋겠다.

2월 15일 ●

철없어 보이고 막 행동하는 것에는 힘이 있다.

에이미 폴러 Amy Poehler ○

아이들은 늘 우리에게 철없이 굴 여지를 주는 것 같다. 그래서 내가 아이들을 그토록 사랑하는 건지도 모르겠다. 아이들과 함께 있으면 어느새 얼굴에는 스티커가 덕지덕지 붙어 있고, 머리에는 주방장 모자가 씌워져 있고, 엉덩이를 되는대로 흔들며 고래고래 노래를 부르고 있다. 최고다!

절대 완벽할 수는 없겠지만, 성공을 기원한다!

인생

○

그래, 좋다. 나를 보라.

완벽과는 거리가 멀지만, 그래도 내 모습이 나쁘지 않다.

2월 17일

누가 인정받는지 신경 쓰지 않는다면 엄청난 일을 이뤄낼 수 있다.

해리 S. 트루먼 Harry S. Truman

이 말을 꼭 하고 싶다. "로프, 앤서니, 토미, 지미, 여러분은 최고입니다."

이들은 NBC의 카메라 뒤에서 맡은 일을 묵묵히 해내는 사람들이다. 내가 새벽 4시 15분에 방송국에 도착하면(이들은 이미 몇 시간 전부터 나와 있다) 밝게 웃으며 내게 하이파이브를 건넨다. 내 딸이 잠을 잘 자는지 물어봐 주고, 엄마가 언제 또 파이를 한 보따리 싸 들고 찾아오실지 궁금해한다.

당신에게도 같은 꿈을 향해 함께 나아가는 사람들이 있을 것이다. 오늘 그들에게 사랑한다고 말하라!

자매가 있다는 건 지지할 사람이 있다는 것이다.

○

친언니 할라는 나의 든든한 후원자다. 나는 유방암 진단을 받고 나서 암 덩어리의 위치를 정확히 판독하기 위해 MRI를 찍어야 했다. 보통 사람에게 MRI 기계는 별것 아닐 수 있겠지만 나는 그렇지 않다. 그 기계에 들어가는 게 지옥으로 떨어지는 것처럼 끔찍하고 무섭다. 촬영 기사가 방사선 때문에 MRI실에 나만 들어갈 수 있다고 경고했지만, 언니는 나를 따라 안으로 들어왔다. 그리고 의자를 끌어다가 내 옆에 앉았다. "방에서 나가셔야 해요." 촬영 기사가 다시 경고했다. 언니는 차분히 말했다. "아뇨. 그냥 찍으세요. 제가 여기 있어야 해요." 이 일은 언니가 내 든든한 후원자임을 보여준 무수한 예 중 하나일 뿐이다. 헤일리와 호프가 이걸 보고 배운다면 더 바랄 게 없겠다.

용감하게 당신이 되어라.

○

오늘은 특히 더 큰 용기를 내보자. "자신이 되세요. 다른 사람은 이미 다른 누군가가 차지했으니까요."

꽃이 활짝 피지 않는다면
화초 자체가 아니라 자라는 환경을 개선해야 한다.

알렉산더 덴 헤이에르 Alexander den Heijer

어쩌면 그 환경은 지금 나와 맞지 않는 직업일 수도, 나를 지치게 하는 인간관계일 수도 있다. 우리는 대개 문제가 생기면 자기 탓을 한다. 하지만 우리가 뿌리내린 나쁜 토양이 문제였다는 걸 깨닫는다면 인생에서 허비하는 시간을 많이 줄일 수 있다.

2월 21일

신은 우리가 원하는 곳으로 데려가진 않지만,
우리가 있어야 할 곳으로 인도하신다.

마사 핀리 Martha Finley ○

얼마 전 일기장을 뒤적이다가 어릴 때의 내가 몇 페이지에 걸
쳐 기도문을 적어놓은 걸 봤다. 어느 날은 '하느님, 제발…'이
라면서 도움을 갈구하고, 어느 날은 '하느님, 감사합니다'라고
감사를 드리는 내용이었다. 일기를 읽다 보니 내가 힘들 때나
좋을 때나 일상에서 신앙에 크게 의지하고 있다는 걸 깨달았
다. 그래서 지금 이곳으로 인도된 게 아닐까?

다 잘될 거야.

○

이 말을 믿는 게 쉽지는 않지만 들을 땐 늘 좋다. 유방에서 암 덩어리를 제거하기 위해 수술실로 들어가기 전, 엄마는 내 병실 침대 옆에서 떨고 계셨다. 그때 상냥하고 숙련된 의사 프레야 슈나벨이 엄마 곁으로 다가왔다. 슈나벨은 엄마와 눈을 맞추며 "따님을 잘 수술하겠습니다. 다 잘될 거예요"라고 말했다. 엄마의 얼굴에 안도감이 떠오르는 게 느껴졌다. 프레야는 엄마와 나에게 약속했고, 그 약속을 지켰다.

아침에 가장 먼저
떠오르는 생각은
'감사합니다'여야 한다.

○

두 번째는?
원하는 것을 아무거나 선택할 수 있다!

2월 24일 •

시간보다 더 소중한 것이 하나 있는데,
바로 그 시간을 함께 보낼 사람이다.

리오 크리스토퍼 Leo Christopher ○

일과가 끝날 때면 매일 수많은 유혹이 다가온다! "한잔하러 갈
래?" "모퉁이에 새로 생긴 카페 있잖아. 커피가 진짜 맛있대!"
하지만 우리는 시계를 쳐다보며 가장 소중한 사람에게 어서 빨
리 돌아가기를 원한다. 누군가를 그리워하는 건 힘든 일이지
만, 인생에서 그렇게 특별한 사람이 있다는 건 행운이 아닐까?

2월 25일

우린 미쳤다는 걸 감추지 않아요. 거리에서 그것을 펼쳐 보이죠.

○

뉴올리언스의 WWL-TV에서 사순절을 취재하던 첫해에 프로 듀서가 내게 어떤 의상을 입을 거냐고 물었다. "네? 방송하는 사람도 코스튬을 입어요? 그렇군요!" 나는 악마 의상을 선택했고, 한 손에는 방송사에서 건넨 칵테일을 들었다. 건배!

다른 사람들도 저마다 독특한 코스튬 차림이었다. 재미있었다. 심층취재 전문 기자는 어릿광대 코를 붙였고, 평소 과묵하던 정치부 기자는 가재 복장을 했다. 한 명도 빠짐없이 변신하니 즐거웠다. 사순절 기간에는 의상을 입지 않으면 오히려 내 정체가 드러난다는 사실을 배웠다. 뉴올리언스의 좋은 점은 너무 너무 많지만, 그중에서도 선택하라고 한다면 사순절 동안 우리가 미쳤음을 보여주는 이 이벤트를 꼽겠다.

Listen(듣다)은 Silent(조용한)와 똑같은 철자로 이루어져 있다.

앨프리드 브렌들 Alfred Brendel ○

나는 상대방의 말을 주의 깊게 듣지 못해서 자책하는 일이 많다. 가족이나 친구가 고민을 털어놓으면, 해결책을 찾는답시고 그 자리에서 인터넷을 이리저리 검색하곤 했다. 그런데 때로는 그저 옆에 앉아서 감정을 터트리도록 두는 게 더 낫다는 걸 알게 됐다. 이제 입은 다물고, 마음을 홀가분하게 해주기 위해 더 필요한 것은 없는지 생각해보려고 노력한다.

나는 가끔 위를 보고 미소 지으며 말한다.
"당신이었죠? 감사합니다."

○

나는 〈투데이〉에서 야외 촬영을 나가서 사람들과 만나는 걸 좋아한다. 쇼에서 내가 가장 좋아하는 시간이라고 할 수 있다. 어느 날 관중이 들고 있는 기발하면서도 재미있는 글 중에서 특별한 게 눈에 띄었다. 한 여성이 '호다, 내 팔찌에 관해 물어봐 줘요'라고 쓰인 커다란 종이를 들고 있었다. 나는 그녀에게 가서 말을 걸었다. 그녀는 아버지가 이집트 여행을 다녀오면서 선물로 사다 주었다며 은팔찌를 보여주었다. "정말 자상한 분이에요." '우리 아버지도 그렇게 자상하셨는데….' 문득 아버지가 그리웠다. 그녀가 팔찌를 차보라고 내밀었고, 팔에 찼을 때 깊은 감동이 느껴졌다. 그날 아버지가 그 광장에 함께 계셨던 게 분명하다.

2월 28일 ●

필요 이상으로 늘 조금만 더 상냥하라.

제임스 M. 배리 James M. Barrie ○

어느 날 저녁, 집으로 올라가는 엘리베이터에 처음 보는 젊은 여자와 함께 타게 됐다. 작은 체구에 초록색 니트 비니를 쓴 그녀는 엘리베이터가 올라가는 동안 자기 발치만 내려다봤다. 내가 그녀에게 손에 들고 있는 컵케이크에서 좋은 냄새가 난다고 말을 건네자, 소금 캐러멜 컵케이크라는 대답이 돌아왔다. 여자는 기분이 좋아 보였다.

다음 날 아파트 프런트데스크에 내 앞으로 작은 상자가 도착해 있었다. 상자 위쪽에 종이 한 장이 붙어 있었는데 손으로 쓴 편지였다.

"어젯밤 엘리베이터에서 제 컵케이크를 칭찬해주셨죠. 안타깝게도 그 컵케이크는 임자가 있었어요. 안 그랬으면 드렸을 텐데요. 오늘 여유 시간이 좀 나서 컵케이크를 사 왔어요. 맛있게 드세요! 리사로부터."

처음 보는 사람이 나를 위해 이렇게까지 해줬다는 게 놀라웠다. 작은 친절이 크고 아름다운 차이를 만들 수 있다는 점을 새삼 느꼈다.

2월 29일 ●

당신의 인생을 구분하는 순간이 있다.
무엇도 예전과 같을 수 없으리라는 사실을 깨닫는 순간,
시간은 그 이전과 이후로 나뉠 것이다.

존 홉스 John Hobbes
○

이 감정은 헤일리를 데리러 가기 위해 조엘과 함께 새벽 비행기를 탔을 때 정말 생생하게 느꼈다. 안전벨트를 맸지만, 공중에 붕 떠 있는 것 같았다. 창 너머로 해가 떠오를 때, 나는 오늘이 새로운 날의 시작일 뿐만 아니라 우리의 '첫날'이기도 하다는 걸 실감했다. 곧 나는 내 딸을 안고 시선을 마주할 것이다. 내가 엄마가 되는 순간이 나를 기다리고 있다. 시간이 둘로 나뉘고 있었다. 비행기를 타고 날아가는 동안 나는 '전'과 더 멀어지고, '후'와 더 가까워져 갔다.

3월
◇◇◇◇◇◇◇

MARCH

3월 1일 ●

때로는 그냥 해야 할 때도 있다.
화내지 말고, 인상 찌푸리지 말고, 그냥 해내라.

○

주변에 이런 사람이 하나쯤은 있을 것이다. 출세에 눈이 멀고 자기 이익만 추구하는, 내 인생에 독 같은 사람. 그런 사람과는 관계를 끊어버려라. 당신이 결심만 하면 된다. 이런 점이 어떻고 저런 점이 어떻고 하며 공격할 필요도 없다. 그냥 그 관계에서 단호히 빠져나가면 된다. 그걸 자유라고 한다.

당신을 위해 아무것도 해줄 수 없는 사람을
어떻게 대우하느냐가 바로 인격이다.

　　　　　　　　　　　　　　　　　　　　　　　　○

두 번째 데이트를 할지 말지를 결정하는 가장 빠른 방법은 그
사람의 인격을 확인하는 것이다. 식당은 사람의 인격을 확인할
수 있는 최적의 장소다. 나는 식당 종업원에게 트집을 잡으면
서 음식을 다시 내오라고 호통치던 데이트 상대한테 무척 불쾌
했던 기억이 있다. 진짜 꼴불견이었다. 물론 다신 안 만났다.

3월 3일 ●

아이스커피 만드는 방법
1. 아이를 키운다.
2. 커피를 탄다.
3. 커피 탄 걸 깜빡한다.
4. 식은 커피를 마신다.   ○

아이를 키우다 보면 식은 커피 한 잔에도 행복을 느낄 수 있다!

3월 4일 ●

좋은 날이 되기 좋은 날이다.

○

한번은 헬스장에서 뭔가에 늦었다며 허둥지둥 탈의실로 뛰어들어오는 여자를 봤다. 그녀는 아이들이 아침에 일찍 깨워달라고 했던 게 그제야 기억이 났다며 몹시 서둘렀다. 락카에서 운동복 가방을 꺼낸 그녀가 소리쳤다. "맙소사, 브래지어랑 셔츠를 깜빡했잖아." 아, 최악의 상황이다! 브래지어도 없고, 셔츠도 없고, 빌려줄 데도 없다. 그다음 그녀의 행동은 정말 뜻밖이었다. 그녀는 마음을 가라앉히고는 가방에서 스웨터를 꺼내 위에 입고 벨트를 찼다. 그러고는 웃으며 말했다. "오늘은 좋은 날이 될 거예요." 잠깐, 문제가 해결된 게 아무것도 없지 않은가. "이렇게 화창한 날씨에 얼굴을 찌푸릴 수 없죠."

그렇다, 매일매일이 좋은 날이 되기 좋은 날이다.

3월 5일

평화는 우리 마음이 하늘처럼 열리고 바다처럼 넓을 때 찾아온다.

잭 콘필드 Jack Kornfield

우리 가족이 레호보트 비치에 가면 꼭 들르는 곳이 있다. 제일 먼저 분위기 좋은 커피숍 '커피밀'에 간다. 그곳의 오랜 단골들과 함께 커피를 마시며 상쾌하고 짭짜름한 공기를 만끽한다. 가게 주인 멜, 밥과도 즐겁게 잡담을 나누다가 해변으로 나간다. 정오가 되어도 뭘 먹을지 고민하지 않는다. 점심은 당연히 '고피시'니까. 고피시의 셰프 엘리슨은 어디서도 먹을 수 없는 최고의 피시앤칩스를 내놓는다. 우리는 해변으로 다시 돌아와 놀다가 저녁은 숙소에서 해결한 다음 해변만이 주는 깊은 잠을 잔다.

당신에게도 분명 이런 장소가 하나쯤 있을 것이다. 구글이 아니라 마음속 지도로 검색하면 빨간색 점이 찍혀 있고 그 옆에 '평화'라고 쓰여 있는 장소 말이다.

신은 우리가
원하는 사람이 아니라
필요로 하는 사람을 주신다.
우리를 사랑하고, 아프게 하고,
떠나고, 돕고, 그럼으로써
지금의 모습으로
만들어주는 사람을.

멜라니 멘디즈 Melaney Mendez

○

이 어려운 일들을 날 위해 누군가가
해준다고 하니 너무 기쁘다.
하느님. 감사합니다.

3월 7일 ●

문득 걸음을 멈추고 주변을 둘러보다가,
이 세상은 꽤 멋지다는 걸 당신도 느낀 적이 있을 것이다.

닥터 수스　　　　　　　　　　　　　　　　○

나는 보통 센트럴파크를 달릴 때 이런 느낌을 받는다. 무슨 생각을 하든, 마음이 어떻든 상관없이 나무와 강을 바라보고 있으면 뭔가가 나를 자극한다. 사람들은 활기 넘치고 풍경은 끊임없이 바뀐다. 뉴욕은 너무나 큰 도시여서 내가 초라하게 느껴질 때도 있지만 공원에서는 모든 사람, 모든 것과 연결된 것 같은 기분에 휩싸인다.

오늘은 당신이 좋아하는 장소에 가서 그곳을 만끽하는 시간을 가져보자.

3월 8일 ●

누군가가 꽃을 가져다주기를 기다리지 마세요.
당신만의 정원을 만들고 당신의 영혼을 꾸미세요.

마리오 킨타나 Mario Quintana ○

가끔은 자기만의 마법을 걸기도 해야 한다. 한번은 낯선 곳으로 운전해서 간 적이 있다. 별다른 목적 없이 무작정 나선 길이었다. 우선 호텔에 체크인하고 밖으로 나와 주변을 산책했다. 자정쯤 됐을 때 누군가가 나를 향해 소리쳤다. "이봐요! 타세요, 같이 낚시나 가요!" 흠…, 달도 밝고 뭔가 신비로운 일이 생길 것 같은 예감으로 배에 훌쩍 올라탔다. 정말 마법 같은 밤이었다. 우리는 낚시를 하며 맥주를 마셨다. 이윽고 해변으로 돌아와서 잡아 온 물고기를 구워 먹었는데 그렇게 맛있을 수가 없었다.

목적 없는 여행에서 마법을 만나리라고는 생각도 못 했는데, 그날 밤은 오랫동안 잊지 못할 시간이 됐다. 적어도 문을 열어야 뭔가 멋진 것이 들어올 수 있다는 사실을 깨우쳐준 밤이었다.

얼마나 많이 주느냐보다 얼마나 많은 사랑을 담느냐가 중요합니다.

마더 테레사

이 문장을 읽으면 언젠가 본 연필꽂이가 떠오른다. 선생님 책상 위에 있던 것이었는데, 아마도 꼬마 학생이 선물한 듯했다. 알록달록 색칠이 되어 있고, 잡지 같은 데서 오려냈을 작은 꽃 몇 개가 앙증맞게 붙어 있었다. 절로 마음이 따뜻해졌다. 우리 딸 호프가 선물 받은 예쁜 분홍색 담요를 볼 때도 그런 기분이었다. 나에게 오기 전, 누군가가 호프를 위해 정성 들여 뜨개질해서 보내주었을 그 담요.

'자선'이라고 하면 그 단어에 압도되기 쉽지만, 사실 진짜 중요한 것은 큰 사랑이 담긴 작은 몸짓이다. 오늘 누군가를 위해 아주 사소한 거라도 해보는 건 어떨까?

당신을 사랑하는 사람은 아주 많습니다.
그렇지 않은 사람에게 집중하지 마세요.

○

왜 우리는 나를 사랑하지 않는 사람에게 더 신경을 쓸까? 소셜 미디어만 해도 그렇다. 긍정적인 글이 그렇게 많은데도 부정적인 댓글 하나가 머릿속을 꽉 채워버린다. 작가이자 강연가인 브레네 브라운이 내 마음에 쏙 드는 말을 했다.

"누군가가 관중석에서 상처 주는 말을 던진다면, 붙잡지 말고 그냥 바닥으로 떨어지게 두세요. 그걸 밟고 당신이 가던 길을 가면 됩니다."

가던 길을 계속 가라는 말에 매우 힘이 있다. 그곳을 벗어나기만 한다면, 당신은 한 걸음 한 걸음 진짜 자신이 되어갈 것이다.

3월 11일 ●

행복하길 원한다면 의도적으로 행복해야 한다.
아침에 일어났을 때 어떤 하루가 될지 기다리지 말고,
어떤 하루를 살지 결정하라.

조엘 오스틴 Joel Osteen ○

나는 '의도적인 행복'이란 말이 마음에 든다. 행복을 선택할 수 있다는 의미이기 때문이다. 매일매일 어떤 하루를 살지 결정하지 않고 그냥 흘러가는 대로 보내고 있지는 않은가? 우리는 자신의 하루를 만들 수 있다!

아름다운 일들은 당신이 믿을 때 비로소 일어난다.

○

이 글은 호프를 데려올 수 있는 날이 어서 오기를 꿈꾸며 올렸다. 호프의 보금자리도 준비가 끝났고, 우리 세 식구도 얼른 네 식구가 되기를 손꼽아 기다리고 있었다. 이미 헤일리를 데려와 함께 살고 있었기 때문에 호프를 처음 봤을 때 밀려올 사랑의 감정이 어떨지 짐작은 갔다. 하지만 모든 사랑과 모든 영혼이 고유하다는 것을 알기에 내 심장은 설렘으로 터질 것 같았다. 나는 곧 나의 아름다운 아기와 눈을 맞추게 된다.

느껴지지 않는 열정을 좇으며 불안해하기보다는 훨씬 단순한 것을 하라. 그냥 호기심을 좇아라.

엘리자베스 길버트 Elizabeth Gilbert ○

나는 남들에게 관심받으려고 힘들게 노력하느니 내가 다른 사람에게 관심을 갖는 게 낫다고 항상 생각해왔다. 자기 멋 부리기에서 관심을 끄면 주변을 둘러보게 되고, 새로운 아이디어나 관점을 일으킬 수 있는 사람과 대상을 살펴볼 여유가 생긴다. 오늘 호기심을 발동해보자. 평범함 속에 특별한 뭔가가 감춰져 있을지도 모른다.

3월 14일 ●

휴식과 자기 관리는 매우 중요하다.
잠시 멈춰서 기운을 차리면 여유를 갖고 다른 사람을 도울 수 있다.
그릇이 비어있으면 아무것도 줄 수 없다.

엘리너 브라운 Eleanor Brown   ○

정신없이 돌아가는 세상에서 잠시 멈춰 휴식을 취하는 건 힘든
일이 됐다. 그래도 해보자. 지금 내 그릇은 어떤 상태인지를 찬
찬히 살펴보자.

3월 15일

집 같기도 하고 모험 같기도 한 사람과 데이트하라.

○

내게는 조엘이 그런 사람이다. 그는 나의 영원한 주소지이자, 내가 무슨 말을 하든 항상 "응"이라고 대답하는 사람이다. 내가 "레호보트 비치에 가면 에어 매트리스에서 자야 할 거야"라고 말하면 "응, 알았어"라고 대답한다. "자기 스케줄 괜찮으면 며칠 여행 다녀올까?" "응." "자기 피곤한 것 같은데 그래도 나랑 산책 갈래?" "응." 나의 남자는 빼는 법이 없다. 그래서 좋다.

3월 16일　●

하느님이 모든 것을 지으시되 때를 따라 아름답게 하셨다.

전도서 3장 11절　○

〈투데이〉에서 나와 함께 진행을 맡은 서배너 거스리는 이 성경 구절을 읽으면 두 가지가 떠오른다고 한다. 바로 균형과 안도감이다. 여덟 개 단어에 불과한 이 한 문장이 전하는 것은 우리보다 더 큰 하나의 힘이 일과 시간을 지배한다는 것이다. 서배너는 이를 다음과 같이 표현했다.

"내게는 계획, 희망, 의도가 다 있지만, 하느님이 나를 잡고 계십니다. 나를 위한 그분의 계획은, 비록 조금 늦을 수는 있지만, 관대하고 신뢰할 수 있어요. 하나님은 항상 제때 축복을 내려주시거든요."

3월 17일

성 패트릭 데이는 매우 기쁜 날이다.
겨울의 꿈이 여름의 마법으로 바뀌는 날이기 때문이다.

에이드리엔 쿡 Adrienne Cook

뉴욕의 성 패트릭 데이 퍼레이드는 항상 즐겁다. 아일랜드의 수호성인 세인트 패트릭을 기리는 날로, 사람들은 모두 녹색 옷을 입고 녹색 장신구로 치장한 채 거리에서 퍼레이드를 벌인다. 성 패트릭 데이는 봄이 왔다는 신호다. 두꺼운 스웨터와 외투를 벗고 초록색 봄을 맞이하자.

3월 18일 ●

육아는 눈물과 수고와 인내로 이루어져 있다.
그것을 모두 합하면 '행복'이라는 단어가 된다.

@ BunmilLaditan ○

정말이다. 그리고 그 행복은 날마다 몰라보게 자란다.

봄은 '파티를 벌이자!'라는 자연의 표현 방식이다.

로빈 윌리엄스 Robin Williams

○

몇 달 만인가!

걷어붙인 팔에 태양이 키스하는 이 느낌, 너무나 좋다.

봄이여, 파티를 시작합시다!

3월 20일 ●

40년도 더 된 노래 가사는 그렇게 잘 기억하면서,
주방에 무엇 때문에 왔는지는 왜 가끔 까먹는 걸까.

○

아마도 둘의 차이는 관심을 얼마나 두느냐에 있지 않을까? 와
인잔을 가지러 주방에 갈 때 노래를 부르듯 흥이 나 있다면 절
대 깜빡하는 일은 없을 테니 말이다. 꼭 기억하고 싶은 일이라
면 흥을 싣자.

나를 짓누르는 것 중에 내 것이 아닌데도 지고 있는 게
얼마나 많은지 궁금하다.

아디티 Aditi

나는 사소한 일들은 내가 알아서 결정하는 편이다. 언제, 무엇을 해야 할지 분명히 알고 최선을 다하기 위해서다. 하지만 유방암 진단을 받았을 때는 중대한 결정들을 내 손에서 내려놓았다. 그냥 포기했다. "하느님, 당신께 맡기겠습니다." "언니, 잘 부탁해." 의사들은 내게 여러 가지 수술 방법을 알아보라고 권했지만 나는 "싫어요"라고 대답했다. 언니도 그렇게 하기를 원했지만, 내 대답은 같았다. 결정해야 할 큰일들을 내 인생의 전문가들이 알아서 하도록 맡겨두었다. 그건 내 소관 밖의 일이었다. 통제력을 내어줌으로써 나는 오히려 자유와 안도감을 얻었다.

내가 통제할 수 없는 일인데도 꼭 끌어안고 있는 건 혹시 없는가? 오늘은 내가 진 짐들을 하나씩 들춰보자.

3월 22일 ●

결함은 괜찮다.

애나 윈터 Anna Wintour ○

나는 내가 어떤 결함을 가지고 있는지 잘 안다. 지난번에는 내 가방에서 플라스틱 포크가 나왔다. 언제, 어떻게 그것이 가방 속으로 들어갔는지는 아직도 모르겠다. 다만, 내 가방 정리 전문가(?)인 케이티는 이 포크를 발견하고 또 한 번 배꼽을 빼게 했다.

3월 23일 ●

생각을 바꾸면 세상도 바뀐다.

노먼 빈센트 필 Norman Vincent Peale ○

컨트리 가수 브렛 엘드레지는 두 가지에 완전히 매료됐다. 명상과 반려견이다. 이 둘은 브렛의 삶을 변화시켰고, 더 나은 삶을 살도록 돕고 있다. 브렛은 오랫동안 불안에 시달려왔는데 명상을 배우면서 부정적인 생각들이 사라졌다고 말한다.

"우리가 매일 얼마나 많은 생각을 좇으며 사는지 깨달았어요. 부정적 생각을 따라다니며 살 건지, 일어난 일을 있는 그대로 받아들이고 다른 방식으로 볼 건지 둘 중 하나라는 걸 알게 됐죠." 브렛은 머릿속에서 걱정과 최악의 시나리오를 거부함으로써 자신을 사랑하고 받아들이는 법을 배웠다고 말한다. "인생이 훨씬 재미있어졌어요."

이제 그가 좇아다니는 유일한 존재는 그의 사랑스러운 반려견 에드거뿐이다.

3월 24일 ●

지금은 믿고 맡길 시간이다.

○

병원에 입원 중인 네 살짜리 레아 스틸을 처음 보러 갔을 때, 레아의 부모가 너무 밝아서 놀랐다. 레아는 악성 소아암의 일종인 신경아세포종 말기였는데, 병실에 들어선 나를 레아의 부모가 미소로 반겨주었다. 신앙이 돈독한 부부란 건 익히 알고 있었지만, 그래도 절망스러운 모습을 하고 있으리라고 생각했던 터라 적잖이 놀랐다. 그런데 두 사람만 그런 게 아니었다. 민머리의 레아 역시 등을 똑바로 펴고 앉아서 행복한 표정으로 내게 환영 인사를 건넸다.

그날 내가 병실에서 목격했던 믿음과 순종의 모습은 아름다운 결실이 되어 나타났다. 레아는 병에 차도를 보이고 있으며, 암과 싸우는 다른 친구들에게 응원의 메시지도 보냈다.

"애들아, 힘내! 겉모습은 중요한 게 아니야. 중요한 건 우리 내면이지. 그리고 너 혼자서 싸우고 있는 게 아니라는 걸 꼭 기억해!"

3월 25일

●

그녀가 술에 취했을 때 당신에게 문자를 보내지 않는다면,
당신은 그녀의 '그'가 아니다.

○

혹시라도 이 문장에 상처받은 사람이 있다면 이렇게 생각하자.
'글쎄…, 그냥 술에 취해 곯아떨어졌을 수도 있지 않을까?'

3월 26일 ●

거울을 보라.
그게 당신의 경쟁 상대다.

에릭 토머스 Eric Thomas ○

나의 경쟁 상대는 〈투데이〉의 동료 메러디스 비에이라다. 메러디스는 자신에게 득이 되는 방향으로 움직이고, 뜻한 바를 항상 이룬다. 그녀는 타인의 이목이나 생각 따위는 신경 쓰지 않는데, 그게 내가 닮고 싶은 점이다!

메러디스에게는 자기만의 방식이 있다. 그동안 거쳤던 모든 직장도 자기 뜻에 따라 그만두었다. 방송국에서는 보통 누구나 탐내는 자리에 한번 앉으면 뺏기지 않으려고 어떻게든 버티기 마련인데, 내 친구 메러디스는 아무렇지도 않게 자유로이 오간다. 정말 존경스럽다.

성장은 고통스럽다.
변화도 고통스럽다.
하지만 맞지 않는 곳에 갇혀 있는 것만큼 고통스러운 것은 없다.

맨디 헤일　　　　　　　　　　　　　　　　　　　　○

'아, 정말 진저리난다'라고 생각할 때가 있지 않은가? 좋은 현상이다. 우리는 지금 있는 자리에 깊이 염증을 느낄 필요가 있다. 그래야 새로운 것을 시도해볼 테니까.

3월 28일 ●

말을 하기 전에는 반드시 세 개의 문을 거쳐라. 첫 번째 문에서는 '그것이 참말인가?'라고 묻고, 두 번째 문에서는 '필요한 말인가?'라고 묻고, 세 번째 문에서는 '친절한 말인가?'라고 물어라.

베스 데이 Bethe Day**의 시** 〈**세 개의 문** Three Gates〉   ○

말을 할 때마다 세 가지를 물어야 한다니, 사실 좀 많은 것 같긴 하다. 그래도 모든 사람이 입을 열기 전에 잠시 멈춰 스스로 이 질문을 했다면 세상은 더 나은 곳이 되지 않았을까?

3월 29일 ●

등으로 떨어져라.

퍼트리샤 러셀 매클라우드 ○

뉴올리언스에서 일할 때, 어느 날 아침 회의에서 정열적인 강연가 퍼트리샤 러셀 매클라우드가 인생에서 회복하는 방법을 강연했다. 연단에 선 그는 에너지 넘치는 목소리로 말했다. "떨어진다면, 분명히 그럴 때가 올 거예요, 등으로 떨어지세요. 등으로 떨어지면 위를 볼 수 있으니까요. 위를 볼 수 있으면 일어날 수도 있어요. 그러면 계속 나아갈 수 있죠."

이것저것 다 떠나서, 바닥에 얼굴로 떨어지는 것보단 확실히 나을 것 같다.

그래서 뭐요. 이제 뭘 하면 되는데요?

린다 클라이어트 웨이먼 Linda Cliatt-Wayman ○

내가 본 〈테드(TED)〉 강연 중에서 린다 클라이어트 웨이먼의
강연은 손꼽을 만큼 인상적이었다. 린다는 필라델피아 북부의
학업 성취도도 떨어지고 매우 위험한 공립학교, 자신의 모교이
기도 한 그 학교에 교장으로 부임하면서 학교를 쇄신하기 위해
접근했던 방식을 소개했다. 강연 전체가 주옥같았지만, 특히
위의 구절이 내 마음을 사로잡았다.

린다는 자신이 부임하게 될 학교와 학생에 문제가 많다는 얘길
듣고 당당히 말했다.

"그래서 뭐요. 이제 뭘 하면 되는데요?"

보통 사람이라면 학교를 변화시키기 위해서 무엇을 할까? 나
는 이 대목에서 린다를 더욱 좋아할 수밖에 없었다. 그녀는 매
일 종례 시간에 학생들에게 이 말을 하며 하루를 마무리했다고
한다.

"오늘 아무도 여러분에게 사랑한다는 말을 하지 않았다면, 내가
여러분을 사랑하고 있고 항상 그럴 거란 사실을 기억하세요."

당신의 과거로부터
전화가 오면 받지 마시라.
새로 말할 건 하나도 없으니까.

○

과거가 무슨 말을 할지 안 봐도 뻔하다.
"그러니까 네가 전에 어쩌고저쩌고…."
음성사서함으로 넘어가게 두자.
대신 당신의 미래가 전화하면 얼른 받아라!

4월

APRIL

4월 1일

●

삶의 소소한 것들에 감사하고,
예기치 못한 아름다운 축복을 위한 자리를 남겨둬라.

헨리 반 다이크 Henry Van Dyke

○

조엘과 내가 지금 아파트로 이사 올 때 우리는 첫째 아이를 기다리고 있었다. 나는 2층의 빈방을 아기방으로 꾸밀 생각이었다. 그런데 입양이 언제 될지, 가능하긴 할지 확신이 없었기 때문에 조엘은 당분간 빈방을 자기 사무실로 쓰고 싶다고 말했다. 나는 "안 돼. 그럴 수는 없어. 우리 아기를 위해 공간을 미리 만들어놔야 해"라고 단호하게 거절했다.

사람들은 공간은 모두 채워야 한다고 여기는 것 같다. 하지만 그럼으로써 미래에 일어날 어떤 멋진 일을 막고 있는 건 아닐까?

실제로 우리는 한 달 뒤 헤일리가 올 수 있다는 전화를 받았다!

4월 2일 ●

지금 당장 원하는 것 때문에 당신이 가장 원하는 것을 포기하지 말라.

○

강렬한 유혹이 찾아올 때가 있다. 머리보단 몸이 먼저 반응해 어느 순간 내가 초코 케이크를 크게 한입 베어문 채 미소짓고 있는 걸 발견하게 되기도 한다. 뭐, 어쩔 수 없다. 중요한 건 그 다음이다. 또다시 케이크에 손이 가려 할 때 '이제 그만!'이라고 명령하면 된다. 몸이 순순히 명령을 따르려 하진 않을지라도 갈등은 할 것이다. 안 그러면 자기가 고생해야 한다는 걸 알 테니까.

'자신이 아닌 것' 말고 '자신인 것'에 대해 생각해보라.

○

이 글을 보면 '가만있지 못하는 엉덩이'라는 별명을 가졌던 질리언 린이 떠오른다. 1930년대에 초등학교를 다녔던 그녀는 수업 중에 끊임없이 움직이고 집중력이 부족해 부모님과 선생님들을 지치게 했다. 담당 의사는 질리언의 어머니와 이야기하기 위해 질리언을 방에 혼자 남겨두고 가면서 아주 작게 라디오를 켜놓았다. 그런데 질리언이 음악에 감동해 방 안에서 춤을 추며 빙글빙글 돌고 있는 모습을 의사와 어머니가 우연히 목격하게 됐다. 의사는 어머니에게 이렇게 말했다. "따님은 아픈 게 아닙니다. 댄서죠."

'가만있지 못하는 엉덩이'는 훗날 〈캣츠〉〈오페라의 유령〉 같은 전설적인 뮤지컬의 제작자 겸 안무가로 성공했을 뿐만 아니라 영국 로열 발레단의 단장까지 지냈다.

당신이 옳다면 조용히 있으라.

디크샤 조시 Deeksha Joshi

○

맞는 말이다.
상대가 틀렸다고 굳이 공격할 필요 없다.
당신의 옳음 자체가 스스로 증명할 것이다.

순종하라는 부름을 받고 두려움을 느낄 때가 있다.
그럴 땐 두려운 채로 하면 된다.

엘리자베스 엘리엇 Elisabeth Elliot
○

2004년 전설적인 앵커 코니 정이 아시아계 미국인 기자협회에서 연설할 때의 상황이 그랬다. 내가 코니를 소개하자 그녀가 연단으로 올라섰다. 그러더니 대뜸 이렇게 말했다. "제가 노래 한 곡 불러드릴게요." 청중은 갑작스러운 전개에 어떻게 반응해야 할지 모르겠다는 듯 코니를 응시했다. 나는 코니 바로 뒤에 서 있었기 때문에 그녀의 시점으로 청중을 볼 수 있었다. 나는 진땀이 났지만, 코니는 우렁찬 목소리로 노래를 불렀다. 다행스럽고 놀랍게도, 코니는 청중을 자기편으로 끌어들이는 데 성공했다. 노래가 끝나자 박수가 터져 나왔다.

만약 흔히 하듯 곧장 연설로 돌입했다면 청중이 그 정도로 몰입하게 할 수 있었을까? 그날 나는 뜻한 바가 있다면 조금 무모하게 느껴지더라도 밀고 나가는 게 얼마나 중요한지 깨달았다.

거절은 방향을 수정해야 한다는 신호로 받아들여라.

○

방송 기자가 되기 전 나는 스물일곱 번의 거절을 당했다. 당시엔 힘들었지만, 이젠 너무나도 잘 알고 있다. 그 덕에 내가 진정 가야 할 길을 찾았다는 것을.

4월 7일 ●

외부의 잡동사니는 밖에 전시된 내부의 잡동사니다.

○

이 말이 진실이라면, 나의 내부는 얼마나 많은 잡동사니로 가득 차 있는 걸까. 앞서 몇 번 말했듯이, 나는 정리정돈에는 영 소질이 없다. 그래서 2019년에 큰 맘 먹고 집 청소 업체에 일을 맡겼다. 단순히 청소만 하는 게 아니라 물건들을 깔끔히 정리해주는 업체였다. 아주머니 두 분이 일꾼으로 오셨는데, 내 옷장을 열어보고는 잠깐 얼어붙는 게 느껴졌다. 입지 않는 스키 바지부터 어디서 받았는지 모르는 야구팀 티셔츠며 모자, 건포도 봉지, 유효기한이 한참 지난 약통까지. 심지어 한 짝밖에 없는 신발까지 나왔다.

이토록 엉망진창이던 우리 집은 두 달인의 활약으로 완전히 달라졌다. 난생처음으로 내 일기장을 한곳에서 볼 수 있게 됐다! 나는 매우 기뻤지만, 은근히 겁이 났다. 얼마 안 가 예전 모습이 될까 봐서다. 하지만 다행히 아직까지는 그럭저럭 그 상태를 유지하고 있다. 그러면 내 내부도 어느 정도는 정돈이 됐다고 할 수 있는 걸까?

4월 8일 ●

우리는 함께였다. 나머지는 기억나지 않는다.

월트 휘트먼 Walt Whitman   ○

링컨센터 분수 옆에 한 남자와 나란히 서 있었던 날의 달콤한 추억을 잊을 수가 없다. 그는 한 손에 휴대전화를 들고 있었는데, 다른 한 손으로 자신이 끼고 있던 소형 이어폰 한쪽을 내게 건넸다. 우리는 잭 존슨의 〈베터 투게더(Better Together)〉를 들으며 춤을 추기 시작했는데, 분수도 그 리듬에 맞춰 춤을 추는 듯했다. 그 짧은 순간에 특별한 뭔가가 존재했던 게 분명하다.

4월 9일

세상을 바꾸고 싶다면 집에 가서 가족부터 사랑하세요.

마더 테레사

이 말에 누구도 이견이 없을 것이다. 일찍 집에 돌아가 사랑하는 사람과 함께 춤을 추는 건 어떨까? 저녁을 먹기 전, 청구서를 정리하거나 숙제를 하기 전에 3분 정도만 거실에서 빙글빙글 돌아보자. 작은 마법이 일어날 것이다.

때로는 음악이 마음과 영혼을 치유해주는 유일한 약이다.

○

아버지가 돌아가시고 나서 동생과 나는 몇 시간 동안이나 제임스 테일러의 노래를 들었다. 멍하니 슬픔에 잠긴 채 앉아 있다가 레코드가 다 돌아가면 둘 중 한 명이 일어나 바늘을 다시 올려놓았다. 그때는 제임스 테일러의 목소리만이 우리를 달래줄 수 있었다.

4월 11일   ●

세상에는 두 가지 유형의 사람이 있다고 아버지는 말씀하셨다.
바로 주는 자와 받는 자다.
받는 자는 더 잘 먹을지언정, 잠은 주는 자가 더 잘 잔다.

말로 토머스 Marlo Thomas   ○

세인트주드 어린이 연구병원은 창립자 대니 토머스와 그의 딸 말로 토머스를 빼놓고는 이야기할 수 없다. 말로는 만날 때마다 "안녕하세요? 잘 지내셨어요?"가 아니라 "최근에 이런 문제를 해결했어요"라는 말로 대화를 시작한다.

그녀는 어린이 암 환자를 치료하기 위해 레이저 치료법을 연구하는 데 집중하고 있다. 멤피스에 있는 그 병원에 초대받았을 때 나는 속으로 마음을 단단히 먹어야겠다고 생각했다. 병원에 가면 세상에서 가장 가슴이 찢어지고 먹먹한 장면들을 보게 될 것 같아서였다. 그런데 전혀 뜻밖의 광경을 마주하게 됐다. 병원에 도착한 나에게 한 소녀가 다가와 손을 잡더니 "자요, 구경시켜 드릴게요"라고 말했다. 병원의 분위기는 밝았으며 아이들은 희망으로 가득 차 있었다.

그곳에서 일하는 사람들이야말로 세상에서 가장 훌륭한 '주는 자'다.

때로 소생은 굴복할 때 온다.

로브 벨 Rob Bell ○

싱그러운 봄의 기운과 같은 글이다. 손에 쥐려고 애쓸 때보다
오히려 내려놓았을 때 더 많은 것을 얻게 되기도 한다. 오늘 당
신에게 멋진 일이 시작되기를 빈다.

왜 시작했었는지 기억하라.

랠프 마스턴 Ralph Marston

○

어느 날 출발 신호가 떨어지고
당신은 있는 힘껏 뛰기 시작했다.
결승선에는 중요한 뭔가가 기다리고 있었다.
이제 기억나는가?
좋다! 계속 뛰어라, 챔피언이여!

4월 14일　　　　　　　　　　　　　　　　　　●

긴장을 풀어라. 모든 일이 예정한 대로 잘 돌아가고 있다.

우주　　　　　　　　　　　　　　　　　　　　○

조엘을 만났을 때 나는 마흔아홉 살 이혼녀로 캐시와 함께 〈투데이〉를 진행하며 눈코 뜰 새 없이 바쁘게 살고 있었다. 그 일이 일어난 건 친구이자 프로듀서인 조안 라 마르카가 내게 저녁 행사 연설을 부탁해서였다.

행사 장소는 엄청나게 좁았고, 월스트리트에서 일하는 양복 입은 남자들 서른 명 정도가 꽉 들어차 있었다. 연설이 끝나자 남자 몇 명이 다가와 책에 사인해달라고 했다. 그중 한 명이 자기 차례가 되자 책을 왼손으로 옮겨 들더니 악수를 청하며 말했다. "안녕하세요? 조엘이라고 해요."

집에 돌아오는 길에 나는 오늘 강연이 얼마나 처졌었는지 조안과 문자로 농담을 주고받았다. 그러다가 "근데, 조엘이 누구야?"라고 문자를 보냈더니 '내가 알아서 해줄게'라는 답장이 왔다. 조안 덕에 우리는 이메일을 주고받기 시작했고, 얼마 후 따로 만나 저녁을 먹었다. 그리고 이제는 함께한 지 6년이 됐다.

조엘, 우주가 예정한 대로 우리가 만나게 돼서 너무나 기뻐.

문제에서 달아나는 것은 단지 해결책에서 멀어지는 일일 뿐이다.

○

세금 납부를 미룰 때처럼 말이다. 미룬다고 해서 저절로 해결되지는 않으며, 오히려 벌금까지 물어야 한다. 세금만이 아니라 인생사 대부분이 그렇다. 미루지 말고 후딱 해치우자.

4월 16일 ●

당신 인생에 필요한 사람은
당신이 치유되는 걸 다정하게 기다릴 줄 아는 이들이다.

○

아버지가 돌아가신 직후 엄마와 함께 침대에 나란히 누워 계시던 린다 스투브스 아줌마가 떠오른다. 아델에게 소식을 듣고 집에 도착했을 때 두 분은 아무 말도 하지 않고 그렇게 계셨다. 아버지가 돌아가셨다는 소식을 아델에게 알려준 사람도 분명 린다 아줌마였을 것이다. 엄마는 절대 못 했을 테니까. 엄마와 린다 아줌마는 40년 동안 한몸처럼 지내온 친구다. 물론 지금도 그렇다.

안녕, 아가야! 우리는 너를 오랫동안 기다렸단다.

○

우리 엄마가 헤일리를 처음 만났을 때 하신 말씀이다. 나는 이 달콤한 문장을 종이에 적어 헤일리의 방에 걸어두었다. 나를 길러준 아름다운 여성과 헤일리를 공유할 수 있다니 꿈만 같다.

4월 18일 ●

스트레스를 없애는 가장 강력한 무기는
하나의 생각으로 다른 생각을 덮겠다는 결정 능력이다.

윌리엄 제임스 William James

○

시인이자 인권운동가인 마야 안젤루의 10대 때 이야기를 들려
주고 싶다. 마야는 열여섯 살 때 너무도 간절히 전차 승무원이
되고 싶었다. 그러나 문제가 있었다. 승무원은 전부 백인 여성
이었고, 흑인인 마야는 응시 원서조차 제출할 수 없었다.

마야가 낙담하자 그녀의 어머니가 "가서 그 직업을 구하렴"이
라고 말했다. "매일 사무실 앞에 앉아서 크고 두꺼운 책을 읽
어. 직원들보다 일찍 도착해서 그들이 출근할 때까지 자리를
지키는 거야."

마야가 어머니 말대로 했을 때 그 회사 직원들은 마야를 조롱
하며 비웃었고, 모욕적인 말들을 내뱉었다. 그러나 마야는 2주
동안 날마다 가서 책을 읽었다. 그러던 어느 날 아침, 한 남자
가 마야에게 왜 이 직업을 갖고 싶어 하느냐고 물었다. 마야는
전차라는 신기술이 좋아서라고 대답했고, 그 남자는 마야에게
일자리를 주었다. 마야는 그때의 경험을 통해 헌신과 결정의
힘을 배웠다고 말한다.

시도하지 않으면 당신이 무엇을 할 수 있는지 절대 알 수 없다.

존 배로 John Barrow

○

실력파 배우 타라지 P. 헨슨이 이 문장의 전형적인 예다. 타라지는 참으로 놀라운 사람이다. 그녀는 배우가 되고 싶어서 무작정 로스앤젤레스로 왔다고 한다. 아이는 막 걸음마를 시작한 참이었고, 수중에는 달랑 700달러뿐이었다. 주변에서 모두 말렸지만 타라지는 꿈을 좇았다. "그렇게 하지 않는다면 아들에게 무엇을 가르칠 수 있겠어요?"

그녀는 타인의 시선 때문에 꿈을 포기할 생각이 없었다. 대학교에 다니며 임신을 했을 때도 주변에선 절대 졸업하지 못할 거라고 말했지만, 그녀는 굴하지 않았다. "아들을 옆구리에 끼고 당당히 강단으로 올라가 졸업장을 받았죠."

이제 40대 후반에 접어든 타라지는 자기 인생은 이제 시작에 불과하며 다음에는 무엇을 탐험하게 될지 설렌다고 말한다.

고마워요, 타라지. 뭔가를 시도하는 게 왜 그토록 중요한지를 우리 모두에게 보여줘서요.

취약한 상태로 있는 건 인간관계를 맺기 위해
우리가 무릅써야 할 위험이다.

브레네 브라운 Brené Brown

물론 여기에는 신뢰가 바탕이 되어야 한다. "나는 내 가슴과 마음을 열어 당신을 신뢰합니다"라고 말할 수 있어야 한다. 돈독한 신뢰가 밑바탕이 되어 있다면 취약함이 관계를 더 끈끈하게 해준다.

사람들은 당신이 했던 말과 행동은 기억하지 못해도,
그로 인해 기분이 어땠는지는 절대 잊지 못한다.

칼 W. 뷰너 Carl W. Buehner

매일 이런 일이 일어난다. 가수이자 배우인 마이클 부블레는
이 문구를 늘 마음에 새기고 살아간다고 말했으며, 마야 안젤
루 역시 이 글을 종종 언급한다. 마이클은 사람들이 자기 외모
를 놓고 비판할 수 있다는 점을 인정한다. 다만, 저마다의 힘이
세상에 얼마나 큰 영향을 끼치는지 깨달아야 한다고 생각한다.
마이클은 이렇게 말했다. "나는 매일 아침 일어날 때 미소와 칭
찬, 포옹으로 삶을 바꾸겠다고 결심해요. 누구나 그런 힘을 가
지고 있죠."

최고의 사과는 변화한 행동이다.

○

진짜 그렇다. 말로만 하는 사과보다 백배는 효과적이다. 행동으로 보여주고 말로 사과한다면 아마도 해결되지 않을 문제가 없을 것이다. 단, 말로 사과할 때 주의할 게 있다. "그렇게 느꼈다면 미안해"라는 말은 절대 하지 말 것.

4월 23일

식단에서 설탕을 남김없이 없애고 열흘을 버티자.

○

제니퍼 로페즈가 이런 도전장을 보냈다. 열흘 동안 '설탕 금지' '저탄수화물' 다이어트를 하자는 내용이다. 과연 내가 할 수 있을지 의구심이 들었지만, 누구 말인데 거역하겠는가. 난 도전에 응했다!

먼저 치킨, 채소, 달걀 위주로 식단을 간소하게 짰다. 그러고도 나를 믿을 수 없어서 설탕이 든 음식은 모두 치웠다. 놀랍게도 미각이 다소 심심한 것 외에는 그렇게 힘들지 않았다. 그런데 시간이 지날수록 내 머릿속에서는 베이글과 초코칩을 먹는 모습을 상상하는 일이 늘어갔다. 게다가 직장 동료 카슨 데일리마저 내가 케이크를 크게 한입 먹으면 내가 지정하는 자선단체에 기부하겠다며 방해 공작을 폈다. 하지만 나는 초인적인 정신력을 발휘해 열흘을 버텼고, 다이어트 기간이 지나자마자 그 보상으로 케이크를 실컷 먹어 치웠다. 물론 제니퍼 역시 도전을 잘 마쳤고, 그녀는 곧장 다른 다이어트를 시작했다.

성공을 빌어요, 제니퍼. 그런데 나한테는 다시 하자고 얘기하지 말아 주세요.

4월 24일

●

지혜란 먼저 말할 수 있는데도
상대의 말을 경청해준 것에 대한 보상이다.

더그 라슨 Doug Larson

○

캐시의 남편이 세상을 떠났을 때, 나는 그녀의 말을 '듣지 않기로' 했다. 그 소식을 들은 건 내 생일 축하 파티를 끝내고 비행기로 집에 오던 중이었다. 캐시는 피곤할 테니 오지 말라고, 오지 않아도 네 마음 안다고 말했다. 그러나 비행기에서 내린 나는 곧장 캐시의 집으로 차를 몰고 갔다. 멍하니 바다를 보고 있던 캐시가 나를 돌아봤을 때의 표정은 아직도 잊히지가 않는다. 그녀는 나를 끌어안고 이렇게 말했다. "내 말을 안 들어줘서 고마워, 호다."

지난 장만 계속 읽고 있으면 인생의 다음 장은 시작할 수 없다.

○

헤어진 남자친구와의 추억에 얽매여 누구도 만나지 못하는 한 지인이 생각난다. 이봐, 그만 정리하시지. 세상의 반이 남자라고.

당신은 할 수 있고,
해야만 한다.
시작할 용기만 있다면
하게 될 것이다.

스티븐 킹 Stephen King

○

지금 당신에게도 시작할 용기가 필요한 일이 있는가?

그렇다면, 할 수 있고 해야만 한다는 걸 명심하자.

4월 27일　●

오늘 하루가 당신의 인생에서 가장 아름다운 날이 될 수 있도록
기회를 주라.

마크 트웨인 Mark Twain　○

어제가 아니고 바로 오늘이 그날이다. 인생에서 가장 아름다운
날. 하루가 지나면, 또 오늘이 그날이 된다.

당신은 언제나 결정 하나로 완전히 다른 삶을 살 수 있다.

○

나는 컨트리 가수 토머스 레트와 그의 아름다운 아내 로런을 좋아한다. 이 부부와 함께 있으면 가족처럼, 이웃처럼 친근한 느낌이 든다. 위의 명언은 토머스와 로런이 각자 다른 사람과 결혼하려다가 결국은 하지 않았던 이야기를 떠오르게 한다.

두 사람은 초등학교 동창으로, 고등학생 때부터 사귀기 시작해서 대학생 때 헤어졌고 이후 그냥 친구 사이로 지냈다. 20대 때는 각자 사귀는 사람이 있었고 그 상대와 결혼할 예정이었다. 어느 날, 로런의 아버지가 토머스에게 전화를 걸었다. "자네가 오늘 밤 우리 집에 와서 로런에게 마음을 털어놓지 않으면, 내가 로런에게 자네 마음을 털어놓을 거네." 그로부터 몇 달 후 두 사람은 약혼했다.

그때 토머스가 결정하지 않았더라면, 그리고 장인이 옆구리를 살짝 찔러주지 않았더라면 두 사람의 인생은 완전히 달라졌을 것이다.

신이 당신에게 주신 사람들을 사랑하라.
신이 어느 날 그들을 다시 데려갈 것이기 때문이다.

베키 킨더 Becky Kinder ○

친구 자니는 간결하면서도 강력한 메시지가 담긴 이 명언을 좋
아한다. "이 글을 처음 읽고는 심장이 뚝 떨어지는 줄 알았어."
자니가 말했다. "특히 '어느 날'이라는 단어에서는 눈물이 핑
돌더라고."

자니는 사랑꾼이다. 참 열심히도 사랑한다. 열심히 사랑하는
사람의 유일한 문제라면 다른 사람보다 상처를 더 깊게 받는
다는 점이다. 자니가 서른네 살 때 엄마가 돌아가셨는데, 그때
충격으로 외상성 뇌 손상을 입었다. 몇 년 후에는 아버지마저
파킨슨병으로 돌아가셨다. 자니는 그 견딜 수 없는 고통을 겪
고서도 사랑하기를 멈추지 않았다. 그 점에 대해 신께 감사드
린다.

바보처럼 보이는 것에 대한 두려움이 당신을 뒷걸음질치게 한다.

○

TV 프로그램 〈립싱크 배틀〉에서 인기 진행자이자 전 미식축구 선수 마이클 스트레이핸과 립싱크 대결을 펼친 적이 있다. 쇼가 방영을 시작한 지 얼마 되지 않았던 때라 나는 프로그램에 대해 자세히 알지 못했다. 스튜디오에 입장하니 객석이 보였다. '어? 방청객들이 있었네?' 그때 누군가가 "댄서들이 뒤에 설 거니까 공간을 좀 비워주세요"라고 말했다. '뭐라고?' 덜컥 겁이 났다.

마이클의 멋진 무대가 끝나고, 나는 〈업타운 펑크(Uptown Funk)〉를 부르기 위해 금목걸이와 진한 선글라스, 분홍색 재킷을 걸치고 등장했다. 정말 우스꽝스러운 모습이었다. 그때 문득 이런 생각이 스쳤다. '난 지금 우리 집 거실에서 혼자 열광적으로 노래를 부르고 있는 거야. 그냥 즐기자고.' 그 생각이 배틀의 판도를 완전히 바꿨다. 마이클이 있던 세계의 용어로 말하자면, 난 그때 그냥 모든 걸 걸었다.

5월

MAY

5월 1일

●

어떤 날은 침대에서 겨우 일어나
당신을 잃은 고통을 미소 뒤로 감춘 채 세상을 마주한다.

○

사람들 중에는 매일 아침 세상을 향해 나서는 것조차 엄청난 도전인 이들도 있다. 그저 하루를 보낼 뿐 그 이상의 뭔가를 하기란 불가능할 정도로 절망에 빠진 사람들 말이다. 오늘도 감춰진 상처를 남몰래 어루만지고 있을 그들을 향해 "당신은 혼자가 아니에요"라고 말해주자. 만약 그 사람이 당신이라면, 우리의 외침을 잘 들어주면 좋겠다. 당신은 정말 혼자가 아니다.

5월 2일 ●

햇살 속에서 웃으며 시간을 보내서 생긴 거라면 주름마저도 괜찮다.

○

햇살 속에서 마음껏 웃은 다음, 얼굴에 배게 자국이 생기도록 달콤한 낮잠을 즐겨보자! 아, 그런데 갓난아기가 있는 엄마들은 그러지 못한다. 아기가 잠든 동안 엄마는 우유병을 닦고, 빨래를 돌리고, 방을 청소해야 한다. 그 일을 다 마치면, 정말 딱 끝내자마자 "응애" 하는 소리가 들린다! 엄마도 울고 싶어진다. 엄마를 도와줄 사람이 필요하다.

조엘이나 베이비시터가 집에 있으면 나는 위층으로 가서 낮잠을 잔다. 오레오 한 줄을 먹은 다음 암막 커튼을 치면 끝이다. 그리고 두세 시간 있다가 돌아간다. 완전히 생생해져서 말이다.

5월 3일

석양은 마지막도 아름다울 수 있다는 증거다.

보 태플린 Beau Taplin

〈투데이〉에서 캐시가 마지막 방송을 하던 날에 올린 글이다. 캐시는 다음 계획을 짜는 데는 그야말로 선수다. 아마도 캐시의 머릿속에 아이디어가 많기 때문인 것 같다. 캐시가 가지고 다니는 노란색 다이어리에는 브로드웨이 쇼, 영화, 책, 제품 라인을 위한 계획 등 '다음에 할 일들'이 가득하다. 캐시는 방송을 떠나기 전에 이미 내슈빌에 집을 사뒀고, 그곳에서 작곡가와 함께 음악을 만들고 있었다. 캐시의 '다음'은 이미 진행 중이었다! 캐시에게 하나의 끝은 또 다른 시작에 불과하다.

당신에게는 그 힘이
항상 있었어요.
그것을 스스로
깨닫기만 하면 돼요.

글린다, 《오즈의 마법사》에 나오는 착한 마녀

○

가끔은 우리도 다시 깨달아야 한다.
우리 모두는 엄청난 힘을 가지고 이 세상에 왔다는 사실을.

아이를 보며 웃게 되는 이유는
우리가 아이 때의 재미를 잃어버렸기 때문이다.

○

진지하게 말하지만, 아이를 키우는 게 마냥 즐거운 일만은 아니다. (아, 많은 엄마가 공감하시는군요.) 한때 헤일리가 기저귀를 거부하던 시기가 있었다. 옷도 안 입으려고 했다. 그러면 나는 옷을 입히려고 헤일리와 씨름한다. 옷을 입히는 동안 헤일리의 주의를 딴 데로 돌리기 위해 게임 앱을 켜주기도 한다. 옷 입히기 씨름이 길어지면 나는 "제발 부탁해, 헤일리"라고 말하곤 했다. 내가 하도 여러 번 말해서 헤일리는 옷 입히기 전쟁이 시작되면 키득거리며 이렇게 말한다. "부탁해요, 엄마. 부탁이에요"라고 말한다. 하! 헤일리의 그 조그만 입이 그 말을 하면 웃지 않을 수가 없다.

5월 6일 ●

말해보라.
당신의 하나밖에 없는, 거칠고 소중한 인생을 걸고
당신이 하려는 것이 무엇인가?

메리 올리버 Mary Oliver ○

'거칠고 소중한'이란 말이 중요하다. 이 말에는 인생을 따분하게 여기지 말고 선물로 보라는 의미가 담겨 있다. 나는 유방암에 걸리고, 그 병을 이겨낸 후 완전히 다른 사람이 됐다. 유방암 진단을 받고 초반에는 '나는 너 따위에게 지지 않아'라는 문장을 매일 일기장에 적었다. 시간이 갈수록 나는 더욱 단단해졌고, 두려움을 모르는 사람으로 바뀌어갔다. NBC의 CEO와 뉴스 부서장을 찾아가 〈투데이〉 4부에 나를 써달라고 부탁하기도 했는데, 예전 같으면 상상도 할 수 없는 일이다. 마침내 난 그 자리에 앉게 됐고, 그것이 내 경력을 영원히 바꿔놓았다. 오늘 하루는 올리버가 던진 질문을 깊이 생각해보자.

5월 7일 ●

여자, 특히 엄마에게 불가능이란 없다.

○

이제 막 걸음마를 시작한 아이의 손을 잡고 10센티미터 힐을 신고 걷다가 뭔가에 걸려 넘어져도 여자들은 공중에서 떨어지는 스마트폰을 정확히 잡아챈다. 물론 다른 손으로는 아이 머리를 우아하게 받친 채로. 모든 여자는 능력쟁이다.

5월 8일

우리는 엄마의 심장에서 나왔어요.

헤일리와 호프

"나는 어디서 왔어요?" 입양된 아이는 이 질문을 꼭 한다. 입 밖으로 내지 않는 아이도 있겠지만, 적어도 마음속으로는 품고 있다. 나는 헤일리에게 대답했다. "너는 엄마 배가 아니라 엄마의…" 헤일리가 얼른 끼어들어 "심장에서 나왔죠"라고 말한다. 헤일리와 호프가 어머니의 날 카드에도 이 문장을 적어주었는데 정말 뭉클했다.

5월 9일 ●

방심하면 평범함이 드러나게 된다.

앤 브래샤레스 Ann Brashares ○

초등학교와 중학교 때 나는 평범함과는 거리가 먼 아이였다. 괴로울 정도로 친구들과 달랐다. 이름은 발음하기 어려웠고, 부모님의 억양은 이해하기 힘들었다. 뻣뻣한 머릿결과 까무잡잡한 피부색도 나를 다른 아이로 보이게 했다. 게다가 팔각형 안경까지 썼다! 나에게 학창 시절은 아주아주 오랜 세월로만 느껴졌다.

고등학생이 되고 나서야 내 안에 흐르는 이집트인 피가 사실은 꽤 멋지다는 것을 깨달았다. 나는 매우 강인하고 성공한 친척들의 뒤를 이어가고 있었다. 나의 이모할머니는 이집트 최초의 여성 변호사였고, 할머니는 최초의 여성 내과 의사 중 한 분이었다. 부모님의 강인함과 지성 덕분에 우리 형제자매는 미국에서 가능성을 펼치며 살아가고 있다. 시간은 좀 걸렸지만, 마침내 나는 다르다는 것을 자랑스러워하게 됐다.

당신이 결심하는 즉시 우주가 어쩜 그리 빨리 움직이는지 새삼 알게 될
것이다.

마치 첫 번째 도미노를 건드리는 것처럼, 결심은 연쇄적인 움
직임을 부른다. 이 글은 내가 조엘에게 아이를 입양하고 싶다
는 말을 입 밖으로 꺼내고 나서 우리가 얼마나 빨리 움직였는
가를 떠오르게 한다. 그때가 2017년 11월이었고, 두 달도 안
돼 헤일리라는 천사가 우리와 연결됐다.

5월 11일 ●

지금 가지고 있는 것들을 위해 간절히 기도하던 날들을 기억하라.

○

감사함을 떠올리게 하는 좋은 글이다. 한때는 간절히 바랐던 어떤 것들을 우리는 어느새 시시하게 여기곤 한다.

5월 12일 ●

항구 안의 배는 안전하지만, 그것은 배가 만들어진 목적이 아니다.

존 A. 셰드 John A. Shedd

○

일자리의 고용 안정감과 만족감은 뉴올리언스의 WWL-TV에서 일할 때가 가장 높았다. 그곳에서 보낸 6년은 그야말로 눈부셨고, 그곳을 그만둬야 할 유일한 이유는 방송국에서 내 역할에 변화를 주고 싶다는 것뿐이었다.

1997년 말, 그 기회가 찾아왔다. 나는 NBC 〈데이트라인〉에서 면접을 봤고 스카우트 제안을 받았다. 내 앞에 두 개의 선택지가 놓여 있었다. 6개월 있다가 잘릴 수도 있고 급여도 더 적은 일자리를 위해, 만족스러운 지금의 자리를 떠나야 할까? 아니면 꿈을 이룰 기회를 무시했다가 남은 인생 내내 후회하며 살아야 할까? 나는 안전한 항구를 떠나 넓은 바다로 나가기로 했다.

결과적으로 내 결정은 옳았다. 나는 뉴욕의 생활에 만족하며 기회가 될 때마다 뉴올리언스에 가곤 한다. 위험을 무릅쓰는 것은 겁나는 일이지만 '나빠지면 또 어때?'라는 마음으로 산다.

5월 13일 ●

경청은 때로 누군가를 도울 수 있는 유일한 수단이다.

○

NBC의 상사들이 에이미 로젠블럼의 말을 경청해줘서 너무나 감사하다. 〈투데이〉를 새롭게 개편했을 때 제작 책임자로서 에이미는 나를 진행자로 올리기 위해 안 보이는 곳에서 물심양면으로 노력했다. 언제나 든든한 후원자였던 에이미는 내가 더 좋은 방송을 할 수 있고, 더 나다울 수 있도록 격려해줬다. 한번은 다음 방송이 시작되기 전 광고가 나가는 동안, 그녀가 상사들이 내 방송 진행을 지루해한다는 얘기를 넌지시 건넸다. '응?' 나는 무척 놀랐다. "내가 지켜줄게." 에이미는 그렇게 나를 안심시켰다. 상사들은 탐탁지 않아 했지만, 에이미는 물러서지 않았다. "그냥 아무 말 말고, 제 말 들으세요! 호다가 제대로 못 하면, 그땐 저를 자르세요." 감사하게도 상사들은 결국 에이미의 말을 들었다.

에이미, 정말 고마워요!

5월 14일 ●

행복은 내면의 아름다움과
외면의 빛남을 강조하기 위한 최고의 화장이다.

데바시시 므리드하 Debasish Mridha
○

내 머리카락은 늘 부스스해서 손이 많이 간다. 부드럽게 길들이고 숱 많은 머리칼도 쫙쫙 펴준다고 약속하는 상품에 돈도 숱하게 썼다. 내 머리칼이 괜찮으면 만사가 괜찮았다.

그런데…, 내 머리카락 상태가 제일 좋을 때가 언제인지 아는가? 비싼 헤어 제품을 썼을 때가 아니라 내가 행복에 겨워 모든 일에 관대해질 때였다. 이 사실을 깨닫게 된 건 헤일리를 만나고 나서였다. 넘치는 행복이 내 머리칼조차 빛나게 했다!

5월 15일

당신의 행동이 누군가를 더 꿈꾸고, 배우고, 실천하고,
무언가가 되도록 이끈다면 당신은 탁월한 지도자다.

돌리 파튼 Dolly Parton

이 글을 보면 선생님들이 생각난다. 그중에서도 중학교 1학년 때 만난 로즈브록 선생님이 특히 기억난다. 나는 등교 첫날 교실에 들어가던 순간을 절대 잊을 수가 없다. 카세트에서 록 밴드 닥터 훅의 〈셰어링 더 나이트 투게더(Sharing the Night Together)〉가 흘러나오고 있었다. 와! (어른인) 선생님이 우리 또래의 음악으로 학생들을 맞아주신 것이다. 1년 동안 로즈브록 선생님은 학생들에게 창의적으로 생각하고 개성을 잃지 말라고 가르쳤다.

팔각형 모양의 안경을 쓰고 이름도 우스꽝스럽던 나에게 반 아이들과 어울릴 수 있다는 자신감을 심어주고, 어울리는 방법을 가르쳐준 로즈브록 선생님. 선생님 덕분에 자신감을 갖고 열심히 살고 있어요. 고맙습니다.

5월 16일　●

인류 역사상 "진정해!"라는 말을 듣고 진정한 사람은 없었다.

○

나 같아도 그럴 것 같다. 기뻐서든 열을 받아서든, 어떤 일에 몹시 흥분해 있는데 이 한마디로 해결이 될까? 오히려 더 부추기게 되지 않을까?

5월 17일 ●

모든 것은 즉시 변할 수 있다.
그다음에는 전과 후만 있을 뿐이다.

필리스 레이놀즈 네일러 Phyllis Reynolds Naylor ○

어떤 상황이든 눈 깜짝할 사이에 변할 수 있다. 퇴근하는 엄마를 반기러 아이가 계단에서 뛰어 내려올 때 특히 조심하라! 아이는 엄마한테 안기는 것 외에는 생각하지 않기 때문에 나머지는 엄마가 헤아려야 한다.

미래를 예측하는
가장 좋은 방법은
미래를 창조하는 것이다.

○

거울 앞에 서서 거기 비친 모습을 보라.

그가 바로 당신의 미래를 쥔 사람이다!

5월 19일 ●

꿈과 함께 잠들었다가 목적을 가지고 깨어난다는 것을 늘 명심하라.

○

나는 시간 맞춰 깨어났을 때 안심이 된다. 그래서 알람을 3시, 3시 5분, 3시 15분에 맞춰둔다. 아마 많은 사람이 그러지 않을까? 잠들기 전에는 3시에 일어나고 싶다고 생각하지만, 잠에 취하면 '5분 더' '5분 더'를 반복하게 되니 말이다. 나는 '5분 더'를 세 번 이상은 하지 않아서 다행이라고 생각한다. 오늘 하고 싶은 일을 생각하면 이불 속에 더 있을 수가 없다!

5월 20일　●

행동은 절망을 위한 해독제다.

조앤 바에즈 Joan Baez

○

아주 힘든 시기에는 온몸이 꽁꽁 묶여 손가락 하나 움직이지 못하겠다는 느낌이 든다. 하지만 나는 이 명언을 믿는다. 온 힘을 다해 뭐든 하라. 전화기 버튼을 눌러 친구에게 도움을 요청하기라도 하라.

5월 21일

●

남들이 당신에 대해 얼마나 무관심한지를 안다면 그렇게 걱정할 필요가 없을 것이다.

올린 밀러 Olin Miller ○

진짜다! 모두가 남들의 시선을 신경 쓰지만, 사실 누구도 자신이 아닌 다른 사람에게 별 관심이 없다. 당신도 그렇지 않은가?

새로운 음악을 보여주는 사람들은 정말 중요하다.

○

카슨 데일리가 그런 사람 중 하나다. 카슨은 수시로 내게 와서
이렇게 말한다. "호다, 이것 좀 들어봐. 켈리 클라크슨이 노래
하는 〈프린세스 오브 차이나(Princess of China)〉야." 카슨은 음
악을 무척 좋아해서 음악 라디오 방송에서 들려주지 않는 노래
들을 찾아낸다. 그러고는 나에게 달려와 들려준다. 내가 새로
운 음악 듣는 걸 좋아한다는 걸 알기 때문이다.

누군가가 당신에게 음악을 들려주려고 한다면, 그건 그가 당신
을 소중하게 생각하고 있다는 뜻이다. 당신과 느낌을 공유하고
싶은 것이다.

세상에!
뭔가를 해야 했다.
하지만
이미 잠옷을 입어버렸네.

〈퓨처라마〉

○

나도 가끔 그럴 때가 있다.
뭐, 이미 잠옷을 입어버렸는걸.

당신의 동의 없이는 누구도 당신에게 열등감이 들게 할 수 없다.

엘리너 루스벨트 Eleanor Roosevelt

○

미국의 전 영부인 엘리너 루스벨트가 남긴 의미심장한 명언이 아주 많은데, 이 문장은 자신이 경험을 통해 깨달은 것으로 알려져 있다. 엘리너는 열 살에 부모님을 여의었고, 양육을 맡은 외할머니 밑에서 가혹한 말을 들으며 자랐다. 프랭클린 루스벨트와 결혼하고 나서도 엘리너는 남편과 시어머니로부터 업신여김을 당했다. 남편의 외도로 마음의 상처는 심해졌지만, 엘리너는 사회적 변화를 위해 투쟁하고 세계 곳곳을 방문하면서 이런 힘 있는 글을 공유하는 것으로 자존감을 단단히 다졌다.

5월 25일

이 나라가 용기 있는 자들의 집인 이상 영원히 자유의 땅으로 남을 것입니다.

엘머 데이비스 Elmer Davis

우리를 위해 희생하는 남자와 여자, 그리고 그들의 가족에게 신의 축복이 있기를 빕니다. 우리는 당신을 사랑합니다.

5월 26일 ●

아는 것보다 배우는 법을 아는 게 낫다.

닥터 수스 ○

안다는 것은 막다른 길이다. 그러나 배움은 끝이 없다는 걸 아는 것이다. 조엘의 여동생 베스가 자신이 어릴 적 읽었던 닥터 수스의 책을 헤일리에게 보냈다. 나는 베스가 꼬마였을 때 책장을 넘기며 그림과 라임을 눈여겨봤을 그 손때 묻은 책이 좋다. 지금은 〈세서미 스트리트〉의 엘모가 헤일리의 최고 캐릭터지만, 언젠가 닥터 수스 책에 빠져 "엄마, 또 읽어줘요"라고 조를 것을 기대한다.

5월 27일 ●

시작은 그 일의 가장 중요한 부분이다.

플라톤 ○

기원전부터 내려오는 지혜다! 시작이 없으면 중간이나 끝도 없다.

"벌써 다 먹었어?"는 가장 낭만적인 질문이다.

○

조엘은 맛있는 음식을 만들어주고는 내가 채 한입 먹기도 전에 이렇게 말한다. "내가 이거 평생 만들어줄게." 흠, 사랑스러운 남편. 그 음식이 뭐냐고? 조엘의 특제 비밀 양념과 마늘을 넣고 볶은 시금치, 완벽하게 구운 감자를 곁들인 연어구이다. 내가 정말 맛있게 먹고 나면, 조엘은 흐뭇한 표정으로 이렇게 묻는다. "벌써 다 먹었어?"

도와주는 사람으로 키우고 싶다면 자신이 먼저 도와주는 사람이 되어야
한다.

크리스 조던 Chris Jordan ○

직장 동료 스테파니 룰은 청소년에게 영향을 주는 여행 관련
기사를 보도했다. 2018년, 두 차례의 허리케인으로 피폐해진
미국 버진제도에 전국의 대학생들이 찾아가서 마을 재건을
도왔다는 내용이다. 스테파니는 보도로 끝내지 않고 자신도
직접 세 자녀와 함께 마을을 찾아가 무너진 초등학교에 책을
기증했다.

나는 여행이나 휴가 기간에 시간을 내서 지역 사회를 돕는 사
람들에게 정말 고마움을 느낀다. 특히 가족이 함께한다면 더욱
좋을 것이다. 그런 경험을 통해 아이들은 자선이 무엇인지를
배워나갈 테니 말이다.

5월 30일 ●

당신이 만나고 싶은 바로 그 사람이 되어라.

○

이혼할 당시 나는 뉴올리언스에 살았다. 정말 힘든 시기였고 기분은 매일 진흙탕을 뒹구는 것 같았다. 어느 날, 동네 빨래방에서 건조기가 다 돌아가길 기다리고 있는데, 한 경찰이 안으로 들어왔다. 그는 내 얼굴이 너무 안 좋아 보였는지 괜찮냐고 물었다. 나는 "아뇨…. 괜찮지 않아요"라고 대답했다. 무슨 이유에선지 당시 내 감정을 솔직하게 털어놓고 싶었다. 우리는 대화를 나눴고, 이윽고 데이트를 시작했다. 뒤돌아보면 매트는 그때 내가 딱 필요로 했던 사람이었다. 나의 구세주였다.

하지만 시간이 흐르면서 나는 강해졌고 우리는 더는 맞지 않게 됐다. 그는 여전히 구세주였지만, 나는 구조가 필요하지 않았다. 지금 우리는 각자 만나기로 예정된 사람과 함께 있다. 나는 매트 덕분에 행복했고, 지금도 그렇다. 그는 그때나 지금이나 멋진 남자다.

5월 31일 ●

변명하지 않고 말하는 법을 배워라.

○

이 부분은 나도 여전히 배우는 중이다. "노력은 해볼 수 있겠지, 일이 별로 없으면…. 그런데 못 할 것 같아. 왜냐하면…. 아, 아니야. 한번 해볼게."

6월
◇◇◇◇◇◇◇

JUNE

6월 1일 ●

지난겨울에 먹고 싶은 걸 다 먹었는데도
바지가 여전히 맞아서 행복하다.

○

허리가 꽉 낀다고? 그래도 실망할 것 없다. 우리에겐 고무줄
바지가 있다.

6월 2일 ●

당신은 당신 이야기의 작가다.
더 나가지 못하고 한 페이지에 묶여 있더라도,
어느 순간 새 장을 쓸 힘이 생기리라는 사실을 믿어라.

○

레미 아델레케는 이 명언에 딱 맞는 사람이다. 그를 뉴욕 이스트사이드의 펍에서 처음 만났는데, 짧은 대화만으로도 참 괜찮은 사람이란 걸 느낄 수 있었다. 레미는 겉치레가 없고, 겸손하고 상냥하다. 그의 인생 여정은 나이지리아에서 유복하게 살던 어린 시절부터 시작해 브롱크스에서 마약 사범으로 체포되고, 미 네이비실 요원이 되기까지 매우 파란만장하다. 그 여정을 담은 책을 출간하기도 했다.

현재 결혼해서 세 아들과 함께 남부 캘리포니아에서 사는 레미는 인생 여정에 '배우'를 추가했다. 나는 영화 〈트랜스포머: 최후의 기사〉에 출현한 레미를 보게 돼서 기쁘다. 레미에게 딱 맞는 역할이다.

6월 3일 　　　　　　　　　　　　　　　　　　　　●

누군가에 대해 인내심이 바닥날 때는
신이 당신에 대해 얼마나 참는지 떠올려보라.

○

마흔 살 때 한 결혼 전문가가 내게 이상형을 적어보라고 했다.
나는 '인내심이 무한한 남자'라고 적었다. 그리고 감사하게도
나는 조엘을 만났다. 조엘은 "내 전화기 어딨지? 내 전화기 못
봤어?"라는 말을 셀 수도 없이 듣고 산다. 그때마다 조엘은 내
가 늘 전화기를 두는 장소 세 군데를 찾아본다. 아니면 내가 전
화기를 찾기 위해 태풍처럼 집 안을 휘젓고 다니는 모습을 뒤
에서 가만히 지켜본다. 그러다가 "가만있자, 우리가 무슨 얘기
했더라?"라고 말하며 대화를 다시 이어가게 해준다.

조엘, 내가 얼마나 행운아인지 나도 알아. 나를 꾹 참아줘서 고
마워.

6월 4일 ●

당신에 관한 다른 사람의 의견은 당신이 상관할 바 아니다.

레이철 홀리스 Rachel Hollis ○

가수 트리샤 이어우드는 소셜 미디어 내의 악플 때문에 엄청난 고통을 겪었다. "저에 관한 백 개의 좋은 글을 읽어도 부정적인 글 하나만 나오면 그것에만 집중하게 돼요."

트리샤는 레이철 홀리스가 쓴 《나를 바꾸는 인생의 마법》을 읽다가 악플에 대한 돌파구를 찾았다. '당신에 관한 다른 사람의 의견은 당신이 상관할 바 아니다' 라는 글에서 확신을 얻었다. "나는 내 인생을 살아야 해요." 트리샤는 말한다. "내가 할 일을 하는 거죠. 다른 사람이 나를 어떻게 생각하는가로 나를 정의해서는 안 돼요."

이제 트리샤는 소셜 미디어의 소통 방식을 바꿨다. "댓글을 읽다가 부정적인 내용이 보이면 바로 나와버려요. 그냥 놓는 거죠."

6월 5일 ●

모든 폭풍이 당신의 인생을 망치는 것은 아니다.
어떤 것은 길을 분명히 밝혀주기도 한다.

○

그렇다. 하지만 당신이 차갑고 힘든 현실과 마주한 상황에서 그것이 길을 밝히는 태풍이라는 걸 깨닫기란 어려운 일이다. 한참 지나고 나서야 '더 일찍 깨달았다면 좋았을걸' 하고 생각하게 될 것이다.

6월 6일

●

진정한 군인은 눈앞의 상대가 미워서 싸우는 것이 아니라
뒤에 남겨진 사람들을 사랑하기 때문에 싸운다.

G. K. 체스터턴 G. K. Chesterton

○

〈투데이〉의 '모닝 부스트' 코너에는 참전용사들과 현역 군인들
이 등장한다. 나는 노련한 참전용사가 훈장을 받거나 현역 군
인이 고향 집에 깜짝 방문하는 영상을 볼 때마다 눈물이 핑 돈
다. 최고인 사람들이다.

부디 여러분 모두가 사랑받고 기억되고 있다는 사실을 알아주
세요. 늘 감사합니다.

6월 7일 ●

날 믿으면 춤출 수 있어요.

보드카 ○

물론 그렇겠지. 하지만 다음 날 아침이면 거짓말쟁이한테 속아 넘어갔다고 느끼게 될 것이다.

어느 날 당신은 누군가에게 주지 않았던 그 자비를 필요로 할 것이다.

○

사람들은 누군가에게 나쁜 일을 당하면 자신은 절대 그러지 않을 거라고 다짐한다. 하지만 거기서 끝내면 안 된다. 나쁜 일을 하지 않는 것뿐 아니라 자비를 베풀어야 한다. 그래야 당신이 언젠가 곤경에 처할 때 그 손길이 돌아올 것이다.

6월 9일 ●

민들레 꽃밭에서 당신은 수많은 잡초를 보거나 수많은 소망을 본다.

○

나는 이 이미지가 좋다. 솜털 같은 민들레를 훅 불어서 바람결에 수많은 꿈을 펼쳐 보이는 모습. 확실히 나는 잡초보다 소망을 보는 편인 것 같다. 당신은 어떤가?

6월 10일

자아가 말한다. "모든 것이 제자리를 찾는 즉시 평화가 찾아온다."
정신이 말한다. "평화로우면 모든 것이 제자리를 찾을 것이다."

메리앤 윌리엄슨 Marianne Williamson

작가 겸 연설가 데이비드 브룩스는 〈테드〉 강연에서 '이력서 덕목(resume virtues)'과 '조문 덕목(eulogy virtues)'에 대해 이야기했다. 이력서 덕목은 일자리를 구할 때 쓰는 성과물로, 야망을 실현한 특별함을 말한다. 조문 덕목은 우리 내면의 부름을 깨닫고 타인의 향상을 위해 이바지하는 방식으로, 장례식장에서 사람들이 나누는 의미 있는 말들이 한 예다. 데이비드는 우리의 본성에서 이 두 가지는 매우 다른 힘으로 나타난다고 말한다. 하나는 자아(ego)이고, 다른 하나는 정신(spirit)이다.

새로운 날이 시작됐고,
나는 거북이 무리처럼 출발한다.

○

가끔 몸이 천근만근일 때가 있다.

누구나 그럴 것이다.

그런 날은 너무 애쓰지 말자.

거북이걸음이더라도 앞으로 나아가긴 할 테니까!

6월 12일

●

모든 것이 불리하게 돌아가지만,
나는 여전히 사람들은 정말 착하다고 믿는다.

안네 프랑크 Anne Frank

○

안네 프랑크는 아버지 오토 프랑크가 그녀의 일기를 책으로 출판하면서 이름이 알려졌다. 안네의 이 아름다운 명언은 가족이 죽음의 수용소로 끌려가 뿔뿔이 흩어지기 전까지 2년 동안 은신했던 암스테르담의 비밀 다락방 벽에 쓰여 있었다. 오토 프랑크는 가족 중에서 유일하게 생존한 인물로, 안네 가족의 은신 생활을 도운 부인에게서 딸의 일기와 공책을 건네받았다. 오토는 안네가 어머니에게 쓴 편지를 읽고 이렇게 적었다. "내가 잃어버린 어린 안네와는 전혀 다른 모습이었다. 딸의 생각과 감정의 깊이를 그때는 몰랐다."

안네는 열다섯 살에 세상을 떠났는데, 지금까지 생존했다면 2019년에 아흔 살이 됐을 것이다.

6월 13일 ●

아이는 어른에게 세 가지 본보기가 된다.
아무런 이유 없이 행복하기, 뭔가에 늘 분주하기,
원하는 것은 전력을 다해 요구하기.

파울로 코엘료 ○

여기에 하나를 추가하고 싶다. 다른 사람과 늘 연결되기. 헤일리가 그렇게 한다. "엄마, 우리 손잡아요."

6월 14일 ●

인생은 카바레라네, 오랜 친구여.

프레드 엡 Fred Ebb   ○

소셜 미디어를 통해 심야 라이브 토크쇼를 진행하는 앤디 코헨과 인터뷰할 때 그가 꼽은 명언이다. 그가 음악을 사랑하는 건 알고 있었지만 왜 뮤지컬 〈카바레〉에 나오는 가사를 선택했는지 잘 이해가 가지 않았다. 그가 말했다. "가사가 좋아서예요. '안에서 무엇을 하고 있나요? 당신 인생을 사세요'라고 이어지죠." 이 가사는 〈카바레〉로 토니상 뮤지컬 부분 최우수 여우주연상을 받은, 지금은 고인이 된 친구 나타샤 리처드슨을 기리는 내용이라는 설명도 덧붙였다. 어느 늦은 밤 모임에서 앤디와 친구들은 나타샤가 불렀던 이 노래를 아카펠라로 부르며 그녀를 기렸다. "카바레는 나타샤가 자기 인생을 살았던 방식이죠."

6월 15일 ●

세상에는 온갖 종류의 사랑이 있지만
똑같은 사랑을 두 번 하지는 않는다.

F. 스콧 피츠제럴드 F. Scott Fitzgerald　　　　　　　　　　　　○

나는 모든 사랑이 고유하고, 사적이고, 특별하다고 말하는 이
문장에 동의한다. 헤일리를 향한 사랑으로 내 심장이 꽉 차 있
었기에 이보다 더 큰 기쁨은 다시 없으리라고 생각했다. 하지
만 나는 호프를 보고 그 생각이 틀렸음을 알았다.

6월 16일

1년 내내 꽃을 활짝 피우는 화초는 절대 없다.
그러니 당신도 그렇게 되길 기대하지 마라.

○

이 말은 긴장 풀기, 쭈그리고 앉기, 방송 몰아보기, 기분 좋게
눕기, 군것질하기를 언제든 마음껏 해도 된다는 의미로 들린
다. 나도 가끔 그렇게 한다. 전화기를 아래층에 두고 2층 침실
로 올라온다. 잠옷으로 갈아입는다. 크래키 한 줄을 집어 든다.
암막 커튼을 치고 침대로 기어들어 가서 드라마 하나를 골라
몇 편씩 몰아본다.

그런데 두 아이가 생기고 나서는 침대로 기어들어 갈 기회가
많이 줄었다. 문밖에서 "엄마, 어디 있어요?"라는 목소리가 들
리면 못 들은 척할 수가 없어서다.

6월 17일 ●

나는 '저축을 해야 해'와 '욜로(YOLO, 인생은 한 번뿐이다)'라는 말 사이에 끼어 있다.

○

일상적으로 나는 대개 욜로를 택하는 편인 듯하다.

"프링글스 한 통을 다 먹어선 안 되지만, 욜로하겠어."

"자야 하니까 이 영화는 보면 안 되지만, 욜로해야지."

"방 정리를 해야 하지만, 지금은 욜로 모드가 좋아."

행복을 위해서는 해야 할 일, 사랑하는 사람, 희망이 있어야 한다.

이마누엘 칸트 Immanuel Kant ○

행복해지는 데 필요한 것이 얼마나 단순하고 소소한가. 복잡하지 않다. 그래서 나는 이 문구가 좋다. 세 가지 중에 하나만 확실히 가져도 우리는 행복할 수 있다.

6월 19일 ●

세상에 쉬운 것은 없다. 하지만 못 할 것도 없다.

○

그래, 이렇게 축 처지는 날씨가 계속되면 쉬운 게 없다는 생각이 더 자주 들기 쉽지. 하지만 질 수 없어. 머리띠 질끈 묶고 공원 한 바퀴 돈 다음 다시 얘기하자고.

한여름은
게으름이 훌륭한 태도로
여겨지는 때다.

샘 킨 Sam Keen

○

마침내 누가 왔는지 보라!

여름이여. 나는 당신과 사랑에 빠졌어요!

6월 21일

아버지는 세상의 그 어떤 선물보다 가장 훌륭한 선물을 내게 주셨다.
그것은 바로 무조건적인 믿음이다.

짐 발바노 Jim Valvano

우리 아버지도 그런 분이었다. 아버지는 나에게 마음만 먹으면
뭐든지 할 수 있다고 말해주셨으며, 몸소 보여주셨다. 이집트
에서 미국으로 이주한 후 부모님은 오클라호마대학교에서 공
부를 마쳤고, 아버지는 박사 학위까지 땄다. 그리고 첫 직장으
로 웨스트버지니아대학교에서 석유공학을 가르쳤고, 이후 미
국 에너지부에서 근무했다. 에너지부를 그만둔 다음에는 컨설
팅 회사를 차렸는데, 그때 아버지의 새 명함에 적혀 있는 '사
장'이란 직함을 읽으며 자랑스러워했던 기억이 난다.

부모는 자식에게 많은 조언을 하지만, 말만이 아니라 행동으로
보여줄 때 자녀가 따르게 할 수 있다.

지나치게 똑똑하면 스스로 앞길을 막게 된다.

제니퍼 J. 프리먼 Jennifer J. Freeman

○

세상은 '아니요'라고 말하는 사람들로 가득 차 있다. 시작도 하지 않았는데 이미 하지 않을 구실부터 찾는다. 너무 많이 조사하고, 따지고, 걱정하기 때문이다. 하지만 베테니 프랭클은 예외다. 그녀는 자신을 비롯해 누구도 자기 앞길을 막을 수 없다는 걸 증명해냈다.

베테니와는 몇 년 전 〈투데이〉의 음식 관련 프로그램을 진행하며 인연을 맺었다. 이후에도 우리는 계속 연락하며 지냈고, 그녀가 스키니걸 브랜드를 론칭하는 모습을 지켜봤다. 저칼로리의 마르가리타(칵테일)라는 생각은 정말 기발했지만, 누구도 '진가를 알지' 못했다. 대형 주류 기업들은 그녀를 무시했으며, 홍보 담당자들은 대수롭지 않다고 여기고 베테니가 초대한 회의에 참석조차 하지 않았다. 마침내 한 주류 산업 전문가가 베테니와 손을 잡았다. 그는 베테니의 사업 파트너가 됐고 스키니걸은 수요를 감당할 수 없을 만큼 엄청난 인기를 얻었다.

잘했어, 베테니! 마르가리타 한잔 가득 따라 건배해요!

사람을 행동으로 판단하면 말의 속임수에 넘어가지 않을 것이다.

○

현란한 말솜씨에 속아본 경험이 있는 사람이라면 지금 고개를 끄덕이고 있을 것이다. 의구심이 들 때는 말이 아니라 행동을 보자.

6월 24일

●

자리를 떠나고 나서도 그곳에 빛이 남아 있을 만큼
세상에 큰 빛을 가져오는 사람이 있다.

○

이 글을 인스타그램에 올렸을 때 많은 이들이 댓글에 그리운
사람들의 이름을 남겼다. 이름을 소리 내어 말하면 마음도 공
명하므로 그 사람을 더 잘 기억하고 기리게 된다. 얼마 전 조엘
과 나도 비슷한 경험을 했다. 헤일리가 물었다. "아빠, 아빠의
아빠 이름은 뭐예요?" "엄마, 엄마의 아빠 이름은 뭐예요?" 대
답해주고 나서 조엘과 단둘이 남았을 때, 아버지의 이름을 소
리 내어 말한 게 얼마 만인지 물어봤다. 15년쯤 됐다고 했다.
나 역시 몇 년은 됐다. 자신의 삶에 빛을 주는 사람이 있다면,
소리 내어 불러보자.

여름이면
누구나 창을 활짝 연다.
사랑은 바로
그렇게 주고받는 것이다.

시에라 디멀더 Sierra DeMulder

○

커튼을 걷고 창문을 열어라.
불어오는 바람, 쏟아지는 햇살을 가슴 활짝 열고 맞이하자.

6월 26일

●

인내는 지혜의 한 형태다. 때로 상황은 그 나름의 속도로 진행돼야 한다는 사실을 이해하고 받아들여야 한다.

존 카밧진 Jon Kabat-Zinn

○

나는 심한 교통 체증으로 도로에 갇혀 있는 상황 또는 어떤 일을 할 때 진행을 막는 사소하고 일상적인 불만에서 '지혜롭지' 못하다. 엘리베이터를 타면 그 잠깐을 못 기다려 '닫힘' 버튼을 몇 번이고 누른다. 조바심쳐봐야 해결되는 건 없다는 걸 알면서도 매번 안달이다. 그래서 나는 골칫거리와 싸우기보다는 차분히 기다리라는 의미가 담긴 이 문구가 좋다.

사랑은 어려운 게 아니라는 생각이 들게 하는 사람과 사랑에 빠져라.

○

만약 그 반대 사람과 사랑에 빠진 적이 있다면, 이후 올바른 사람을 만났을 때 매우 자유롭다는 기분이 들 것이다. 내가 조엘을 만났을 때 딱 그랬다. 물론 조엘과 나도 관계를 위해 노력하는 부분이 있지만 '우리'라는 큰 그림은 정말 쉽게 그려나갈 수 있다. 둘 다 이미 각자 생활 습관과 생활 양식이 자리 잡고 난 인생 후반에 만났다는 사실을 생각하면, 참 놀라운 일이다. 아니, 오히려 늦게 만났기에 더 잘된 일인지도 모른다. 인생에서 무엇이 중요한지 잘 알기 때문이다. 20대나 30대라면 신경 썼을 사소한 문제에 이제 힘을 빼지 않는다. 조엘이 집에 오면 나는 행복하다. 조엘이 내게 키스하는 모습을 헤일리와 호프가 보는 게 좋다. 내가 뭔가를 가져오려고 탁자에서 일어나면 조엘도 따라 일어나는 모습이 좋다. 조엘과 함께하는 인생은 쉽다. 그리고 그것이 내게 얼마나 큰 행운인지도 잘 안다.

6월 28일

당신이 생각하는 대로 된다. 당신이 느끼는 것에 끌리고, 당신이 상상하는 것을 창조하게 되기 때문이다.

석가모니

우리 모두가 그럴 힘을 가지고 있다! 어려운 건 인내심을 갖는 것이다. 원하는 결과를 바라며 차분히 기다리자.

6월 29일 ●

인생의 소소한 측면을 즐겨라. 언젠가 뒤를 돌아봤을 때 그것들이 소중한 일이었다는 걸 깨닫게 될 것이다.

커트 보니것 Kurt Vonnegut ○

내가 좋아하는 것들도 그렇다. 해돋이, 조엘의 연어구이, 엄마의 웃음, 헤일리와 눈 마주치기, 내 손가락을 잡는 호프, 센트럴파크에서 조깅하기, 긴 하루를 끝낸 후에 뜨거운 물로 샤워하기. 먼 훗날 뒤돌아보지 않고도 나는 이것들이 얼마나 소중한지 잘 알고 있다.

6월 30일 ●

사실 당신은 이미 진실을 알고 있다.

○

이 말에 약간 뜨끔하다. 정곡을 찔렸기 때문이다. '진실'이 무엇이든, 가끔은 인정하고 싶지 않을 때도 있다. 그러나 진실은 우리 안에 묻혀도 늘 거기에 존재한다.

그런데 진실을 계속 묻어두기와 들춰내기 중 어떤 것이 더 어려울까?

7월
◇◇◇◇◇◇◇

JULY

7월 1일 ●

속도는 중요하지 않다. 앞으로 나가고 있다는 게 중요하다.

○

누구는 일찍 일어나는 새가 벌레를 잡는다고 한다. 또 누구는 느려도 꾸준히 달려야 경주에서 이긴다고 한다. 누구 말이 옳을까? 사실 정답이 없는 질문이다. 그때그때 상황에 따라 토끼든 거북이든 괜찮다고 생각한다. 오늘 당신의 속도는 어느 쪽인가?

7월 2일 ●

낙천주의에는 마법이 있지만, 비관주의에는 아무것도 없다.

에스터 힉스 Esther Hicks ○

나는 낙천주의의 영원히 타오르는 불꽃이 좋다. 나는 엄마 덕분에 늘 낙천주의를 가까이 느끼며 산다. 엄마의 낙천주의적인 면에 대해서는 무수한 예를 들 수 있지만, 해변 에피소드가 먼저 떠오른다. 엄마는 레호보트 비치에서 날씨가 좋지 않았다는 것을 "해를 피해 쉬고 싶었는데, 마침 비가 오지 뭐야"라는 말로 표현했다. 모든 일에서 하루하루가 행복한 분이다. 여행을 계획 중인데 일기 예보에서 비가 올 거라고 하면 믿지 않는다. "호다, 일기 예보는 늘 그렇잖니. 구름이 끼다가 해가 날 거라고 말이야." 사실 엄마 말이 늘 맞았다!

재미는 좋은 거야.

닥터 수스

○

맞다. 재미가 최고지.
다들 휴가 계획은 세웠나요?

7월 4일 ●

모든 것은 조작됐다. 당신에게 유리한 쪽으로.

루미 Rumi

○

이 글은 맥스 어만의 시 〈진정 바라는 것(Desiderata)〉에서 "우주는 마땅히 그러해야 할 모습으로 펼쳐진다"라는 대목을 떠오르게 한다. 좋은 일이든 나쁜 일이든, 모든 일은 그 뒤에 숨어 있는 뭔가가 우리를 돌봐주기 때문에 일어난 거라고 믿자.

7월 5일 ●

샌들을 신으면 인생이 가벼워진다.

○

모래사장을 신나게 달려보자. 발가락 사이를 간지르는 모래를
느껴보자.

내게 당신은 완벽합니다.

〈러브 액츄얼리〉   ○

2016년 밸런타인데이를 앞두고, 나는 결혼 기간이 모두 합쳐 350년이 되는 커플들 사이에서 인터뷰를 진행했다. 정말 놀랍지 않은가! 그들은 아주 유쾌했고, 길고 의미 있는 결혼 생활을 이어갈 수 있었던 비결을 기꺼이 들려주었다. 그중 몇 가지만 적어보겠다.

- 한 커플은 절대 화난 상태로는 침대에 가지 않는다고 말했다. 아내가 소파에서 자면 남편은 소파 옆 거실 바닥에 눕는다. 그러면 그 상황이 우스워서 결국 웃으며 함께 침대로 간다.
- 또 다른 커플은 아내가 늘 남편에게 "당신이 옳아요"라고 말한다고 했다(남편이 틀렸다는 것을 알 때도 말이다). 그러면 남편이 결국 사과한다는 것이다.
- 한 부인은 남편이 여전히 가장 섹시하고 멋있다고 말했다 (그러자 남편이 "콩깍지가 씐 거지, 뭐"라고 농담을 던졌다).

7월 7일 ●

그것은 당신의 길이며 당신 혼자 가야 하는 길이다.
다른 사람이 함께 걸어줄 수는 있지만, 대신 걸어줄 순 없다.

루미 ○

계획을 세우고 당신의 길을 걸어라. 다른 사람과 팔짱을 끼면
그 길이 훨씬 즐거울 것이다.

7월 8일 ●

슬픔은 사랑이란 걸 배웠다. 그것은 주고 싶지만 줄 수 없는 사랑이다. 그 소모되지 못한 사랑은 당신 눈가에 눈물로 고여 목이 메고 가슴을 공허하게 한다. 슬픔은 갈 곳 없는 사랑이다.

제이미 앤더슨 Jamie Anderson

○

나는 이 글을 인스타그램에 두 번이나 올렸다. 그때마다 많은 댓글이 달렸는데, 모두 가슴 뭉클했다. 저마다 자신이 겪은 상실의 경험을 공유했다. "아들 없이 보낸 지 320일째. 우리 아들. 28년 동안 엄마로 있었던 시간을 어떻게 지워야 할까요?"라는 댓글에서는 눈물이 핑 돌았다. 그분에게 제이미의 글이 조금은 위안이 되지 않을까. 슬픔 역시 사랑이라는 걸 알게 해주니까.

7월 9일 ●

별은 우리가 사랑하는 사람들이 행복하게 지내고 있음을 알려주기 위해 빛을 보여주는 구멍일지도 모른다.

이누이트 속담 ○

내 친구 캐런의 남편 존은 어머니를 잃었을 때 캐런에게 이렇게 말했다고 한다. "반짝이는 것은 어머니가 잘 있으니 안심하라고 보내는 신호야." 존이 죽고 나서 캐런은 반짝이는 것을 보면 남편이 보내는 사랑의 메시지라고 생각한다.

7월 10일

●

내 즐거움은 타협할 수 없다.

캐시 리 기포드

○

캐시와 나는 〈투데이〉에서 함께 일할 때 서로에게 이 말을 하곤 했다(동시에 외친 적도 많다). 메이크업실과 세트장에서, 그리고 가끔은 방송 중에도 이 말을 했다. 캐시는 자신의 즐거움을 먼저 지키는 것이 얼마나 중요한지를 내게 알려줬다. 나는 일이나 사적인 요청에 단박에 싫다고 말하는 캐시의 모습을 자주 봤다. 게을러서나 정이 없어서가 아니다. 캐시는 어떤 것에 '아니요'라고 말하는 것이 실은 자신에게는 '예'라고 말하는 것이며, 자신이 사랑하는 일과 사람들을 위해 쓸 시간을 지키는 방식이라고 설명했다.

한꺼번에 너무 많은 일을 하는 사람이라면 캐시의 말을 한 번쯤 생각해보기 바란다. "인생에서 타협이 되는 것들이 있어. 시간은 좀더 줄 수 있고 돈은 덜 벌 수도 있지. 하지만 즐거움은 안 돼. 인생에서 즐거움이 없다면 뭐가 남아? 즐거움은 우리 영혼의 집이라고."

참을 수 없을 만큼 힘든 날에는
내가 지금까지 역경을 통과한 실적이 100퍼센트라는 걸 떠올려라.
그러면 새로운 힘이 솟구칠 것이다.

○

그렇다! 숫자는 거짓말하지 않는다. 지금 뭔가 안 좋다면 이
말을 마음에 새기자. "나는 지금까지 역경을 100퍼센트 통과하
고 여기에 왔어!"라고.

'불행한 시간은 낭비'라는
사실을 깨달으면 더 오래 산다.

루스 E. 렌클 Ruth E. Renkl

○

휘이! 먹구름아, 물러가라! 내 행복을 가리고 있잖니.

정원을 만든다는 건 내일을 믿는다는 뜻입니다.

오드리 헵번 Audrey Hepburn ○

헤일리와 호프가 내게 오기 전까지는 미래에 대해 그다지 깊이 생각하지 않았다. 하지만 아이들이 온 지금은 어느 정도 앞날을 생각하게 됐고, 내가 죽으면 아이들의 삶이 어떨지 상상해 보기도 한다. 가끔 아이들의 눈을 보고 있으면 마음속으로 짧은 기도를 하게 된다.

신이시여, 제가 떠나더라도 이 아이들을 위해 세상을 아름다운 곳으로 만들어주세요.

7월 14일

●

계속 생각이 난다면, 그 일은 위험을 무릅쓸 가치가 있다.

파울로 코엘료

○

전설적인 로커 브루스 스프링스틴은 일곱 살 때 연주자가 되어야겠다고 마음먹었다. 수줍음 많은 아이였던 브루스는 어느 날 TV에서 엘비스 프레슬리를 보고, 그의 자유분방하고 유쾌한 표현 방식에 매료됐다. 어머니가 어렵게 돈을 마련해 기타를 빌려다 주었지만, 배우는 속도가 너무 더뎌 좌절하다가 몇 주 후 반납했다. 이후 열다섯 살 때 비틀스를 보고는 열정이 다시 살아났다. 이번에는 낡은 기타를 사서 끊임없이 연습했고, 아무 데서나 연주하기 시작했다. 이 일화는 젊은이들에게 어서 자신을 파악하라고 조언한다. 무엇을 하고 싶은지 알았다면, 앞뒤 재지 말고 시작하라.

7월 15일

마음을 가라앉히면 영혼이 말할 것이다.

마 자야 사티 바가바티 Ma Jaya Sati Bhagavati

2017년에 제나 부시 해거와 나는 아가피 스터시노풀로스를 인터뷰했다. 아가피는 명상과 자기 돌보기에 관한 책《당신의 즐거움을 깨워라(Wake Up to the Joy of You)》의 저자다. 그는 호흡을 통해 자기 자신에게 집중할 수 있다고 설명했다. 그가 설명하는 대로 한 손은 심장에, 다른 한 손은 배에 놓고 호흡하자 이내 편안해지는 게 느껴졌다. 눈을 감고 폭포에 있다고 상상하면서 천천히 숨을 들이마시고 내쉬기를 반복했다.

나는 곧 무대감독님이 우리에게 광고 시간임을 알리러 올 거라는 생각에 상황을 확인하기 위해 한쪽 눈을 살짝 떴다. 그런데 방송에 나가고 있는 화면을 보고 그만 웃음이 터져버렸다. 감독님은 조정실 안을 생중계로 내보냈는데, 그 안에 있던 직원들 모두가 명상하는 척하고 있었던 거다. 심지어 일부는 아예 의자에 푹 쓰러져 있었다. 정말 웃긴 장면이었다.

아무리 많은 죄책감도 과거를 바꿀 수 없고,
아무리 큰 걱정도 미래를 바꿀 수 없다.

우마르 이븐 알 카타브 Umar Ibn Al-Khattaab ○

이 글을 '정서적 에너지를 낭비하지 않는 방법' 파일에 추가하고, 날마다 읽어보자.

주말이 있다는 건 정말 감사한 일이다.

○

주말에도 나는 새벽 3시쯤 깬다. 하지만 4시나 5시까지 침대에서 뒹굴거리며 맘껏 게으름을 피운다. 그러고 나서는 하루를 멋지게 시작한다. 우리 가족은 아침을 먹고 센트럴파크로 향한다. 비눗방울 총과 색분필을 가지고 가서 여유롭게 시간을 보낸다. 가끔 동물원에도 간다. 그런 다음 레스토랑에서 저녁을 먹고 돌아온다. 6시 30분에 조엘과 나는 아이들을 재운 후 칵테일을 준비한다. 소파에 기분 좋게 누워 두런두런 이야기를 나눈다. 내가 잠자리에 드는 시간인 8시 30분까지. 최고의 주말 아닌가?

7월 18일 ●

태어나서 얼마나 많은 일을 '처음으로' 해냈던가!

○

어느 날 거실에 둘이 있을 때, 갓 돌을 지난 헤일리가 자신의 세계를 탐험하기 시작했다. 한 손으로 소파를 짚은 채 몸을 가누며 '걷기'를 하는 중이었다. 잠시지만 (한 발짝 반 정도) 헤일리가 소파에서 손을 뗐다. 계속 걸을 수 있을 것 같았다. 보고 있던 나는 너무나 자랑스러웠고 심장이 터질 것 같았다. 그 모습을 동영상으로 남겨두었으면 좋았을 텐데, 찍으려고 했을 땐 이미 늦었다. 얼마 후 호프가 왔고, 호프가 처음으로 뒤집기를 할 때도 기쁨이 솟구쳤다.

나는 오늘 아침의 해돋이가 어젯밤의 석양에
자신을 묶어두지 않아서 좋다.

스티브 마라볼리 Steve Maraboli ○

다른 날에는 다른 기회가 찾아온다. 오늘의 나를 어제의 나로
규정할 필요 없다. 늘 새로운 날, 늘 새로운 나다.

7월 20일 ●

용서는 수감자를 풀어준 후,
 그 수감자가 자신이었음을 깨닫는 것이다.

루이스 스메데스 Lewis Smedes

○

2015년, 한 증오 범죄가 발생해 온 나라가 발칵 뒤집혔다. 스물한 살의 백인 청년이 저녁 성경 공부 시간이던 에마누엘교회에 들어가 무차별 총격을 가해 아홉 명의 흑인을 살해한 것이다. 가족과 친구를 잃은 사우스캐롤라이나는 깊은 슬픔에 잠겼다.

몇 년 후 나는 〈투데이〉의 '용서 구하기'라는 코너에서 그날 살아남은 여성 세 명을 만났다. 펠리시아 샌더스, 폴리 셰파드, 제니퍼 핑크니였는데 펠리시아는 아들과 이모를, 제니퍼는 남편을 잃었다. 하지만 그들은 범인을 용서하기로 했다. "가끔 마음이 널뛰기하지만, 그때마다 용서가 옳은 일이라고 생각하죠." 제니퍼가 말했다. "용서하면 다른 사람을 자유롭게 해준다고 생각하겠지만 실은 저 자신이 자유로워져요. 증오를 계속 담고 있으면 치유가 되지 않아요. 서로 사랑해야 해요." 폴리가 덧붙였다. 그들에게서 뿜어져 나오는 강인함, 기품, 신념에 큰 감동을 받았다.

운명에게, 나는 지금 준비됐어.

○

켈리 클라크슨은 내가 만난 사람 중에서 최고로 정직한 사람이다. 그 이유만으로도 난 그녀가 참 좋다. 켈리는 유쾌하면서도 생각이 깊다. 그녀와 함께 있다 보면 배꼽을 잡고 웃다가도 어느새 눈물을 훔치게 된다.

켈리의 〈피스 바이 피스(Piece by Piece)〉를 못 들어봤다면 꼭 들어보기 바란다. 가사에는 어린 시절 그녀의 가족이 아버지에게서 버림받았던 아픔이 담겨 있다. 그녀는 이 노래를 남편과 함께 만들었는데, 마음의 상처를 입은 사람들이 사랑과 신의로 회복되길 기원한다고 말했다.

행복한 삶은 찾는 게 아니라
만드는 것이다.

토머스 S. 먼슨 Thomas S. Monson

○

좋은 소식이다. 행복은 우리 책임이다!

걱정은 내일의 문제를 내쫓지 못한다.
오히려 오늘의 평화를 쫓아낸다.

○

조엘의 존경스러운 점 하나는 걱정을 안 한다는 것이다. 걱정 대신 지금 할 일에 집중한다. 미리 걱정하지 않고 때가 되면 행동에 나선다. 예를 들어 친구 사이에서 해결할 문제가 있다고 하자. 나는 걱정이 돼서 물어본다. "그래서 어떻게 할 거야? 언제 해결할 건데?" 조엘은 "그때 가서 함께 얘기해봐야지"라고 대답한다. 일도 마찬가지다. 다음 날 처리해야 할 문제가 있다는 걸 알면 나는 어떻게 되어가느냐고 묻는다. 그럼 "응. 잘되고 있어!"라고 대답한다. 그리고 실제로 그렇다! 조엘은 절대 내일이 오늘을 망치게 두지 않는다.

어떤 정신을 소비하느냐가 인생을 만든다.

○

이 글을 인스타그램에 올렸을 때 골디 혼은 "옳소!"라는 댓글로 이 글의 의미를 거들었다. 오래전 나는 골디와 그녀의 아들과 함께 소극장에 공연을 보러 간 적이 있다. 우리는 멋진 시간을 보냈다. 골디는 삶의 소소한 것을 즐길 줄 아는 사람이다. 그녀는 아들이 자기 옆에 있다는 사실만으로도 그 작은 공연장에 있는 걸 행복해했다. 골디는 어디에 있든 늘 분위기를 밝게 해주고, 한결같이 행복해한다. 자기를 움직이는 원동력과 자신이 사랑하는 사람들로 인생을 채우기 때문이다. 그래서 이 명언을 보면 당연하게 골디가 떠오른다.

오프라인은 새로운 사치다.

○

육아휴직으로 몇 달 일을 쉬는 동안 내 세상은 전과 달리 아주 좋은 방향으로 흘러갔다. 여전히 스마트폰은 들고 다녔지만 대부분 젖병이나 음식을 주문하는 데 사용했다. 내가 듣는 유일한 속보는 호프가 똥을 쌌다는 것 정도였다. 베이비시터가 어느 날 "세상에, 맨해튼에서 헬리콥터가 추락했대요"라고 했을 때 나는 "무슨 추락?"이라고 무심하게 대꾸했다. 세상 돌아가는 걸 몰라서 너무나 행복했다. 육아휴직 기간에 내 정신은 훨씬 평온했고, 잠도 더 잘 자고 몸도 더 가볍게 느껴졌다.

휴식은 당신이 얼마나 많은 소음에 노출됐고 얼마나 많은 불필요한 일에 치여 살았는가를 깨닫게 한다. 나는 잠시 플러그를 뽑는 것이 얼마나 기분을 상쾌하게 해주는지 명심하려고 노력했다. 당신도 오늘 그런 시간을 가져보길 바란다.

당신의 마음을 아프게 하는 감정이 때로는 마음을 치유하기도 한다.

니컬러스 스파크스 Nicholas Sparks, 《**첫눈에** At First Sight》

○

이건 참 어렵다. 애써 스스로 위로하는 말 같기도 하다. 어느 누가 무거운 기분을 원하겠는가. 어쩌면 그래서 우리는 치유하는 동안 곁에 파트너가 함께해주기를 바라는지도 모르겠다. 아니면 눈물을 흘리게 해줄 노래, 하다못해 감정을 적어 내려갈 펜이라도. 그렇게 아픔을 겪고 나면 조금은 성장해 있을 것이다.

7월 27일 ●

기다림은 헛수고가 아닙니다. 늦어지는 건 다 목적이 있어서입니다.

맨디 헤일 ○

입양 신청서를 작성하는 나에게 에이전시 직원이 "현명하게 기다리세요"라고 조언했다. 무슨 뜻이냐고 물었더니 이렇게 설명해줬다. "너무 연연하지 마시라는 뜻이에요. 일상을 이어가면서 계획이 진행되고 있다는 것만 믿고 기다리시면 됩니다." 에이전시 직원은 입양을 간절히 원하는 사람들을 많이 봐왔기 때문에 내 마음과 정신적 평화를 위해 그런 조언을 해준 것이다. 감사하게도 우리는 오랜 기다림 없이 헤일리를 만났다. 하지만 호프는 그보다 훨씬 오래 기다려야 했다. '현명하게 기다리자'라고 속으로 되뇌었지만, 종종 마음이 약해지곤 했다. 계획이 진행 중임을 믿어 의심치 않았지만, 작은 천사를 기다리는 건 너무 힘든 일이니 말이다.

궁금해하고 걱정하며 기다리고 있는 당신, 그 마음 잘 압니다.

치유는 위험이 존재하지 않음을 의미하지 않는다.
위험이 당신의 삶을 더는 통제하지 못한다는 의미다.

악샤이 두베이 Akshay Dubey
                                                              ○

레스 헬드는 여섯 살 때, 가족과 함께 나치 포로수용소로 끌려
갔다. 그런데 레스가 가스실로 끌려간 날 기적처럼 가스가 떨
어졌다. 다시 총살형 집행대로 끌려갔을 때, 한 노인이 그를 밀
치고 대신 총을 맞았다. 마침내 수용소에서 풀려난 레스는 미
국으로 건너와서 가정을 꾸렸다.

"아버지의 인생 철학은 낙천주의와 행복이에요." 그의 아들 에
런이 말했다. "아버지의 인생 여정을 생각해볼 때 저로서도 참
놀라워요." 〈투데이〉는 테니스 슈퍼스타 존 매켄로의 열성 팬
인 레스를 위해 US 오픈에서 깜짝 만남을 준비했다. 레스는
대형 스크린에 자신의 모습이 나올 때까지 그저 존의 전설적
인 경기를 보는 줄로만 알았다! 존과 레스는 포옹한 뒤 가볍
게 테니스공을 주고받기 위해 코트로 갔다. 레스의 얼굴에 함
박웃음이 피었다. 이 긍정적인 남자의 얼굴에 늘 걸려 있는 웃
음이었다.

감사가 진짜 선물인 이유는 더 감사할수록 더 큰 선물이 된다는 점이다.

로버트 홀든 Robert Holden ○

뉴욕의 유니언데일 고등학교를 방문했을 때 학생들은 입을 모아 합창단 지휘자 리넷 캐르힉스에게 찬사를 보냈다. 합창단원 중 한 명인 에마뉘엘이 말했다. "저는 정학을 당한 적도 있는데 합창단이 저를 바꿔놓았어요."

방과 후 합창단원들은 밤 10시까지 리넷과 함께 연습한다. 안전한 장소에서 학생들은 즐겁게 노래하고, 리넷은(학생들은 그녀를 엄마라고 부른다) 학생들에게 더 잘할 수 있게 기운을 북돋는다. "엄마의 마음이 되다 보니 할 수 있는 것 같아요." 리넷이 웃으며 말했다.

2018년 리넷의 합창단은 국제대회에서 우승을 차지했다. 그러나 우승 트로피보다 더 큰 선물은 자부심과 감사를 배웠다는 점이다. 또 다른 합창단원인 재스민 매케이가 말했다. "복도를 걸어가다가 '잠깐만, 지금 우리가 해낸 거지!' 라고 말하며 모두 환호성을 질렀어요. 놀라운 순간이었죠."

그들은 모두가 고등학교를 무사히 졸업하고 대학에 진학했다.

7월 30일 ●

모든 게 끝나기 전까지는 늘 불가능해 보인다.

넬슨 만델라 Nelson Mandela ○

미국 여성 참정권 운동의 선구자 수전 B. 앤서니, 최초로 달에
착륙한 닐 암스트롱, 오늘날 세상의 모습을 창조했다고도 할
수 있는 스티브 잡스를 생각해보라. 아, 또 있다. 모투누이섬의
저주를 풀기 위해 머나먼 항해를 떠난 애니메이션 주인공 모아
나. 그 어린 소녀 역시 불가능을 인정하지 않았다.

사랑은 '만약에'나 '때문에'가 아니다.
사랑은 '어쨌든', '비록 ~일지라도', '그럼에도'다.

○

'만약 네가 이번 시험에서 100점을 맞는다면 너를 사랑하겠다'
'당신이 용감하기 때문에 사랑해요'는 말이 되지 않는다. 조건
이 붙지 않는 사랑, 아이들이야말로 그런 사랑을 한다. 그리고
반려동물들도 그런 사랑을 한다.

8월

AUGUST

누군가에게 아름다운 면이 있다면, 그것을 말하세요.

루티에 린지 Ruthie Lindsey ○

오래전 뉴욕에서 자선 행사에 참석했을 때 들은 문구인데, 마음에 들어서 지금까지 사용하고 있다. 기조연설자로 나선 빌 클린턴 전 대통령은 남아프리카 줄루족 말로 '나는 당신을 봐요'라는 의미인 '사우보나(sawubona)'라는 단어에 관해 말했다. 이 말은 아프리카의 작은 마을에서 하는 인사라고 한다. 내게 이 이야기는 무척 신선하고 강렬했다. 나는 그 단순하고 친밀한 표현 속에 담긴 심오한 뜻에 관해 생각해봤다. 의미를 좀 더 확장하면, '나는 당신의 인격을 봐요. 나는 당신의 본질을 봐요'라고도 해석할 수 있다.

내가 조카들에게 이 말을 했을 때 "이모, 왜 그렇게 얘기해요?"라고 물었다. 나는 내가 조카들의 작은 영혼과 모든 것을 얼마나 소중하게 여기는지 이야기해주었다. 헤일리와 호프에게도 말한다. "나는 너를 본단다. 내가 너와 함께 여기 있어."

8월 2일 ●

가끔 나는 내 말과 행동이 너무 똑똑해서 놀란다.
그런데 안전벨트를 맨 채 차에서 내리려고 할 때가 있다.

○

퇴근 후 집에 와서 옷을 갈아입다가 스웨터를 종일 뒤집어 입
었다는 걸 알 때도 있다.

인생에서 가장 중요한 것은,
'~하면 좋겠다'라고 말하기를 멈추고
'~할 것이다'라고 말하는 것이다.

찰스 디킨스   ○

엄마가 예순 살 때 워싱턴에서 열리는 해병대 마라톤 대회에 출전하겠다고 선언하셨다. 나는 할라 언니랑 아델과 함께 응원에 나섰고, 레이스 경로를 미리 알아둬서 엄마를 따라다니며 힘을 북돋웠다. 엄마는 아주 잘 뛰다가 16킬로미터 지점부터 비틀거리기 시작했다. "누가 가서 도와야겠는데!" 언니가 말했다. 셋 중에 운동화를 신은 사람이 나뿐이어서 내가 엄마 옆으로 달려갔다. 우리는 달리면서 이야기를 나눴고 아델과 언니는 우리를 줄곧 따라다니며 지켜봤다. 얼마쯤 달리다 보니 몹시 힘들어졌는데, 특정 시간에 특정 지점을 지나지 않으면 레이스를 중단해야만 했다. "그럴 순 없어. 난 꼭 완주할 거야!" 말을 마친 엄마는 어디서 그런 힘이 나오는지 다시 달리기 시작했다. 결승선에 도착했을 때 나는 멈춰서 엄마가 혼자 힘으로 결승선을 통과하는 장면을 지켜봤다. 엄마의 놀랍고도 단호한 자아를 봤다.

내 증상을 구글로 검색해봤다.
해변에 가야 한다고 나왔다.

○

태양, 파도, 모래. 이 세 가지만 있으면 시름시름하는 이 증상
이 다 낫는다고 한다.

8월 5일

상처받았다고 말하는 것보다 화내기가 훨씬 쉽다.

톰 게이츠 Tom Gates

톰의 말이 옳다. 그러나 가끔은 "나 상처받았어"라고 구구절절 설명할 시간이 없을 때도 있다. 그래서 결국 미치광이처럼 폭발하게 된다. 그런 일이 자주 있지는 않다는 게 그나마 위안이 된다.

8월 6일

●

우리에겐 두 가지 인생이 있다.
두 번째 인생은 우리 인생이 한 번뿐임을 깨달을 때 시작된다.

공자

○

모든 사람이 그 깨달음을 무서운 경험 없이 얻기를 바란다.

나는 유방암과 사투를 벌이고 나서야 깨달았다.

8월 7일

●

무너질 것은 무너지게 두고, 지금 이 순간에 온전히 뿌리내려라.
그때 비로소 진짜 삶이 펼쳐진다.

페마 초드론 Pema Chodron

○

무너져 가는 것을 애써 붙잡지 말자. 불탄 자리에서 새싹이 자라나듯이, 무너진 현장에서 새로운 뭔가가 시작될 것이다.

엄마란,
사람은 다섯인데
파이가 네 조각밖에 없을 때
얼른 파이를 안 좋아한다고
말하는 사람이다.

테네바 조던 Tenneva Jordan

○

딱 우리 엄마 얘기다!

뒤돌아보지 마라.
당신이 갈 방향은 그쪽이 아니다.

○

유방암과 싸우는 동안 나는 일기장에 '앞으로(FORWARD)'라고
썼다. 모든 페이지가 이 단어로 마무리됐고, 그 단어는 이 자리
에 머물러 있지 않겠다는 나의 의지를 보여주었다. 이 자리에
영원히 머무는 게 아니고, 지금 잠시 있을 뿐이라고 말이다. 나
는 단어 하나가 얼마나 큰 힘을 가질 수 있는지 실감했다.

NBC의 프로듀서들은 분홍색 암 인식 팔찌를 보고, 반지에 '앞
으로'라고 새겨넣는 건 어떨까 하는 아이디어를 떠올렸다. 얼
마나 기발한 생각인가! 내가 반지를 끼고 있을 때 누군가가 자
신의 암 투병 이야기를 하면, 나는 반지를 그 사람에게 주고 새
반지를 낀다. 다른 사람들도 똑같이 한다. 반지 넘겨주기 운동
인 셈이다. 앞으로.

오늘은 앞을 똑바로 보는 것에 대해 한 번쯤 생각해보면 좋
겠다.

순간이 하루를 바꿀 수 있고, 하루가 인생을 바꿀 수 있고, 인생은 세상을
바꿀 수 있다.

석가모니 ○

하나의 힘을 찬양하는 석가모니의 글이 마음에 깊이 와닿는다.
사람들은 변화라고 하면 거창한 뭔가를 떠올린다. 하지만 가속
도를 일으키고 인생길을 바꾸기 위해서는, 단 하나의 무엇 또
는 단 한 사람만 있으면 된다.

내가 당신의
첫 데이트 상대도,
첫 키스 상대도,
첫사랑도 아닐 수 있겠죠.
다만 나는 당신의 모든 것에서
마지막이 되고 싶습니다.

○

조엘이 내게 보낸 문자다. 감동으로 울컥했다.

잡초는 뽑고 꽃은 그대로 둬라.

칼라미티 매켄타이어 Calamity McEntire ○

켈리 클라크슨은 작곡가로서 글을 잘 쓰는 사람인데도 이 다섯 단어에 크게 감동했다. 인생을 살다 보면 누군가와 더는 같은 길을 가지 못하고 갈라져야 할 때가 있다. 힘들겠지만, 자신을 나은 사람으로 만드는 사람은 가까이 두고 그렇지 않은 사람은 떠나게 둬야 한다고 켈리는 말한다.

"세상에서는 훌륭한 사람이라고 해도 내게는 그렇지 않을 수도 있죠."

8월 13일 ●

13일의 금요일이 아무 날의 월요일보다 훨씬 낫다.

○

일요일 밤이면 누구나 이렇게 소리 지르게 된다.

"빌어먹을!"

타인의 행복을 추구하면, 그 행복을 자기 안에서도 찾게 될 것이다.

○

이 명언을 보면 놀이터에서 그네를 타는 헤일리를 밀어주는 내 모습을 상상하게 된다. 헤일리는 좋아서 소리를 지르고 나는 미소 짓는다. 나보다 더 행복한 사람 있으면 나와보시라.

8월 15일   ●

용감한 사람들 덕분에 자유의 나라가 됐다.

○

'중요한 것을 사랑하라(Love What Matters)'라는 페이스북에 터무니없이 커다란 카우보이 부츠를 신고 식료품점에 온 한 소녀 이야기가 실려 있었다. 한 여자가 계산 줄에 서 있던 소녀의 엄마에게 딸이 정말 귀엽다고 칭찬했다. 그러자 소녀가 싱긋 웃으며 "이 부츠는 아빠 거예요. 오늘이 아빠 생신인데 아빠는 아프가니스탄에서 돌아가셨어요"라고 말했다. 소녀의 엄마가 딸이 아빠를 좀더 가까이 느껴보고 싶어서 아빠의 부츠를 신고 있다고 덧붙였다. 뒤쪽에 서 있던 한 남자가 그 이야기를 듣고는, 계산하려고 가져온 컵케이크 묶음에서 하나를 꺼내 소녀에게 주면서 말했다. "아빠 생신 축하해." 참으로 아름다운 이야기다. 오늘 어쩌면 부츠를 신은 소녀의 사진을 어디선가 보게 될지도 모르겠다.

참전용사 여러분, 그리고 지금 이 시간에도 나라를 지키고 계신 군인 여러분 감사드립니다. 우리는 여러분을 사랑합니다.

8월 16일 ●

여자에게는 자기 자식을 가장 사랑하는 본능이 있다.
그리고 사랑이 필요한 아이를 자기 아이로 만들 수 있는 본능도 있다.

로버트 브라울트 Robert Brault

○

며칠 전에 기분 좋은 과거 여행을 다녀왔다. 전에 쓴 책《우리
가 속한 곳(Where We Belong)》을 뒤적거리다가 2016년의 나와
마주했다.

"나는 오랫동안 내가 속한 곳이 어디인지 알고 있었다. 지금은
거기에 도착하기 위해 느리게 가고 있다. 내 자리는 아이들, 보
호와 사랑이 필요한 어린아이들이 있는 곳이다. 한때 그 계획
은 암초에 걸렸다. 이혼, 암, 이제는 나이까지. 하지만 나는 갈
것이다. 나와 다른 사람에게도 가장 큰 기쁨을 주는 장소로 말
이다."

그때 나는 그 장소가 불우아동을 위한 여름 캠프라고 생각하고
있었다. 그런데 인생이란 참 신기하다. 1년 후 나는 훨씬 더 큰
꿈을 꿀 수 있는 용기를 찾았고, 감사하게도 지금은 두 딸을 키
우고 있다.

뭔가가 싫다면, 그것의 유일한 힘을 제거하라.
바로 당신의 관심이다.

○

너무나 많은 것이 우리를 향해 소리를 지른다. 주범은 스마트
폰이다. "나를 봐! 날 좀 보라고!" 그러면 마음이 술렁대면서
보고 싶어진다. 어느 때는 뉴스 알림이기도 하고, 어느 때는 문
자나 이메일이기도 하다. 그런 소음에 응해서 만족스러운 적이
있었는가?

이제는 눈과 정신을 쉬게 해야 할 때다. 직장에서는 특수한 상
황이다 보니 그게 불가능하다. 하지만 오롯이 나만의 시간을
가질 때는 거를 것은 걸러야 한다. 내 시간과 내 생각을 누릴
자격이 있으니 말이다. 나는 10초에 한 번꼴로 트위터나 뉴스
를 검색했었지만, 이제는 그 습관을 버렸다. 대신 음악을 듣는
다. 조엘과 함께 있을 때는 닐 다이아몬드의 노래를 듣곤 하는
데, 우리가 유일하게 따라 부를 수 있어서다.

세상 돌아가는 것에 조금은 둔감해진다고 해서 판단력이 녹
스는 건 아니다. 뇌가 쓰레기에 24시간 노출되지 않게 하라.
우리가 세상을 통제할 수는 없겠지만, 자신을 보호하고자 노
력할 수는 있다.

인간의 정신은 그것에 영향을 끼칠 수 있는 어떤 것보다 강력하다.

C. C. 스콧 C. C. Scott

○

'인간의 정신'이란 단어는 정의하기 힘들다. 분명한 건 희망, 목적, 신앙, 사랑, 감사함과 같이 우리를 앞으로 계속 나아가게 하는 매력적인 특성들로 결합되어 있다는 점이다.

8월 19일 ●

모든 게 끝났을 때,
그것이 절대 무작위로 일어난 게 아니었음을 깨닫게 될 것이다.

○

2014년 플로리다로 가는 비행기에서 일어난 일이다. 옆에 앉은 여자가 내게 할 말이 있다고 했다. 나는 의아했지만 들을 준비를 하고 그녀를 바라봤다. 그녀는 진지한 얼굴로 내 아버지가 지금 여기 계시고 나를 지켜보고 있다고 말했다. 그러고는 나의 아버지가 앞으로 다가올 '프로젝트'가 잘되도록 도울 거라고 덧붙였다. 너무나 생뚱맞은 소리여서 난 그냥 웃어넘겼다.

그녀가 프로젝트 어쩌고 했을 때 그것이 일이나 여행과 관련된 것으로 여겼다. 그런데 3년 뒤인 2017년, 나는 아이를 입양하는 과정에 '프로젝트'라는 암호명을 붙였다. 어느 날 문득, 까맣게 잊고 있던 그 여자의 말이 생각나 온몸에 소름이 끼쳤다. 오, 아버지!

헤일리를 입양하던 당시 나는 모든 일이 너무나 순조롭게 진행돼서 참 놀라워했다. 마치 나를 인도하는 손이 있는 것 같았다. 지금은 그 여자가 해준 말이 고맙고, 아버지가 거기 계셨다는 걸 진심으로 믿는다.

금요일에게.
우리가 다시 만나게 돼서 기뻐.
다른 모든 요일에도 나는 너만 생각한단다.

○

물론 금요일이 반가운 건 토요일과 일요일이 따라오기 때문
이지.

자기를 멈추는 것을 멈춰라.

○

2019년 최고의 여성 스키 선수 린지 본과 인터뷰한 적이 있다. 그녀가 내게 약지에 한 문신을 보여주었다. 상어 그림이었는데, 두 가지 이유에서 상어를 선택했다고 린지는 설명했다. "상어는 원하는 걸 좇잖아요. 그리고 항상 앞으로만 나가죠."

린지의 추진력과 투지는 참으로 놀라워서 거의 상어에 견줄 만하다. 심각한 상처를 입은 사람은 보통 그 상처를 다시 입게 될 일은 피하는데 린지는 아니었다. 척추 관절과 무릎 부상, 팔과 발목 골절을 당한 이후에도 린지는 스키를 계속 타기 위해 신체와 정신 재활을 게을리하지 않았다. 늘 더 높은 수준의 대회에 출전했고 여든두 번의 우승을 차지했다.

부상은 여전히 계속됐는데, 린지는 슬로프에서 추락하는 일이 절대 두렵지 않다면서 이렇게 말했다. "다시 일어나세요. 내일은 새날, 새 기회의 날이잖아요. 과거 때문에 멈추지 마세요."

8월 22일 ●

그들은 우리를 묻으려 했다.
그들은 우리가 씨앗이라는 걸 몰랐다.

디노스 크리스티아노풀로스 Dinos Christianopoulos ○

흙을 뚫고 삐죽이 모습을 내미는 작고 푸른 새싹이 보이지 않는가? 나는 역경을 이겨낸 이 불굴의 상징을 사랑한다.

8월 23일

우리가 함께하지 못하는 내일이 있다면 늘 명심해야 할 게 있어. 너는 믿는 것보다 더 용감하고, 보이는 것보다 더 강해. 그리고 생각보다 더 똑똑하지. 하지만 가장 중요한 건, 우리가 떨어져 지내더라도 나는 늘 너와 함께 있다는 거야.

〈곰돌이 푸: 크리스토퍼 로빈을 찾아서〉

이 글은 내 가슴을 뿌듯하게 채우는 동시에 찌릿하게 한다. 사랑하는 사람이 늘 우리와 함께 있다는 건 큰 위안이다. 그런데 떨어져 지내야 한다면? 예를 들어 조엘이나 헤일리, 호프 없이 살아가야 한다면? 그런 상상으로 이어지면 지금 이 순간이 얼마나 소중한지를 더 확실히 알게 된다.

자신을 믿어라.
당신은 여러 번 살아남았고, 어떤 일이 닥쳐도 살아남을 것이다.

로버트 튜 Robert Tew

○

우리는 자신이 삶을 잘 헤쳐나가고 있다는 사실을 자주 잊는다. 나이가 많건 적건, 지금까지 얼마나 많은 역경을 뚫고 이 자리에 왔는가. 지금 여기에 있다는 사실만으로도 우리 모두는 자랑스러운 생존자들이다.

8월 25일

바쁜 것을 영광으로 여기는 걸 그만둬라.

가이 가와사키 Guy Kawasaki

정말 맞는 말이다! '뭔가'를 하고 있다고 해서 반드시 '중요한' 일을 하는 게 아니기 때문이다. 고등학교 1학년 때 농구팀에 들어간 나는 체육관을 미친 듯이 달리곤 했다. 대체 뭘 하는 건지 몰랐지만 그냥 무작정 열심히 달렸다. 그러나 2학년이 되고 나서는 뛰어야 할 때와 멈춰야 할 때를 배웠다. 그 덕에 에너지를 현명하게 쓸 줄 알게 돼 훨씬 더 나은 선수가 됐다.

지금은 아이를 키우면서 일하느라 여전히 바쁘지만, 전보다 시간을 더 효율적으로 쓰고 있다. 어쩌면 엄마의 역할에서 더 큰 성취감을 느끼는 것일 수도 있다. 어느 쪽이 됐든 가끔은 게으름을 피우며 기분을 전환하는 건 좋은 것 같다.

당신은 있는 그대로 완벽하다.
자신이 충분히 멋있지 않다는
생각만 빼면 어떤 것도
바꿀 필요가 없다.

○

부정적인 생각이 나의 오늘을 이끌어가게 두지 말자.

8월 27일 ●

다른 사람을 치유하고, 구하고, 벌하고, 통제하는 것은 내 책임이 아니다.

○

그렇다. 나는 그렇게 대단한 일을 하는 사람이 아니다. 그저 요가를 하고, 건강하게 먹고, 자신에게 만족하는 사람일 뿐이다.

인생은 커피와 와인 사이를
오가는 일이다.

○

나는 둘 다 아주 좋아한다.

8월 29일 ●

행복은 당신의 본질이다.
그러니 행복을 갈망한다는 건 틀린 말이다.
행복을 밖에서 찾는 것도 잘못된 것이다.

스리 라마나 마하리시 Sri Ramana Maharshi ○

우리가 행복을 타고났다는 사실은 어린아이들을 떠올려보면
분명해진다. 아이들은 종일 깔깔대며 신나게 논다. 강아지들도
에너지가 넘치고, 누구와도 기꺼이 어울린다. 행복은 우리의
일부다! 그 점을 명심한다면 하루를 살아갈 때 행복을 덜 잃을
것이다.

8월 30일 ●

상처는 빛이 당신에게 들어오는 자리다.

루미 ○

희극배우 조앤 리버스가 세상을 떠난 뒤 그녀의 딸 멜리사가 어머니의 이야기를 담은 《조앤의 책(The Book of Joan)》을 출간했다. 얼마 후 멜리사와 인터뷰를 하게 됐는데, 래리 플릭이 한 가지를 제안했다(래리는 시리우스 XM 라디오에서 음악 토크쇼를 진행하고 있으며 매우 생각이 깊은 사람이다). "인터뷰를 시작하기 전에 청중에게 부모님을 여읜 사람이 있는지 물어봐."

그의 조언을 따라 객석에 질문을 던졌더니 대부분 사람이 손을 들었다. 나는 다시 질문했다. "부모님이 돌아가시는 게 두려운 사람 있으세요?" 나서서 사람도 모두 손을 들었다. 멜리사는 이제 자신이 똑같은 두려움을 가진 사람들과 이야기하고 있음을 깨달았다. 어쩌면 나약함이야말로 사람들의 관계를 더 깊게 해주는 요소일지도 모른다.

강한 여성은 도전을 노려보며 그것에 윙크를 보낸다.

지나 케리 Gina Carey ○

그러고는 "올 테면 와봐" 하며 손가락을 까딱거린다.

9월
◇◇◇◇◇◇◇◇

SEPTEMBER

희망을 선택하라.

○

나는 말 그대로 희망을 선택한 사람이다. 희망(호프)이란 아이를. 조엘과 나는 둘째 아이를 입양하기로 하면서 미리 여자아이 이름을 지어놓았다. 바로 '호프'다. 둘이 한마음으로 지은 이름이다. "세 개 중 하나를 고르자" 같은 얘기도 없었고, 이견도 없었다. 우리의 아기는 이 단어의 전형이 될 것이다.

1년 반 후, 한 여자아이가 우리에게 올 거라는 소식이 전해졌다. 희망이 오고 있었다. 처음 봤을 때 나는 그 아이가 호프라는 이름과 완벽하게 어울린다는 걸 알았다! 우리의 기다림과 희망이 호프를 우리에게 인도했다는 사실에 놀랍고도 감사하다.

9월 2일　　　　　　　　　　　　　　　　　　　●

당신의 머리는 당신이 말하는 건 모두 믿을 것입니다.
그러니 머리에 신뢰와 진실을 주세요.
그리고 사랑으로 채우세요.

○

나는 이 말을 전적으로 믿는다. 하지만 말처럼 쉬운 일은 아니
다. 내가 좋아하는 작가 앤 라모트는 뇌에 주는 나쁜 것들에 관
해서 이야기한다. 앤은 자신의 책 《쓰기의 감각》에서 우리 머
릿속의 소음을 '라디오방송국 KFKD(K-Fucked)'라고 표현했
다. 참으로 절묘한 비유다. 우리는 방송국 소음에 1년 내내 휩
쓸릴 수도 있고 아니면 방송을 꺼버릴 수도 있다. 그보다는 라
디오 주파수를 KLUV(K-Love)로 맞추는 건 어떨까.

9월 3일

누군가의 웃음소리가 농담보다 웃길 때, 참 기분 좋다.

○

이 글은 내 친구 자니를 떠오르게 한다. 나는 자니의 웃음소리를 듣는 게 좋다. 자니가 웃는다는 건 우리 둘 중 하나가 또 웃음을 터트리게 했다는 의미이기 때문이다. 자니와 나는 수십 년간 알고 지내면서 숨을 헐떡거리는 웃음, 거의 울먹이는 웃음, 탁자를 두드리며 웃는 웃음을 공유했다. 우리가 느끼는 모든 감정 중에서 미친 듯이 웃게 하는 감정이야말로 최고가 아닐까?

내가 뭘 마시고 있든 그걸 뿜게 만드는 자니, 고마워.

시험에 들었는데
왜 신의 목소리가
들리지 않는지 궁금하다면,
시험 시간에는
선생님이 늘 조용하다는
사실을 명심하라.

○

위안이 되는 말이다.

목소리가 들리지 않는다고 해서 신이 없는 건 아니라는 걸

가르쳐주니까.

인생에서 저지를 수 있는 가장 큰 실수는
실수할까 봐 끊임없이 두려워하는 것이다.

엘버트 허버드 Elbert Hubbard

일상생활에 적용할 수 있는 철자 검사기 같은 게 있으면 얼마
나 좋을까. 내일 일과를 검사기에 넣고 돌리면 잠재적인 실수
가 자동으로 수정되게 말이지. 하지만 그보다는, 실수란 우리
의 특권이라고 생각하는 게 훨씬 마음 편할 것 같다.

9월 6일 ●

어떤 아픔이든 치료약은 소금물이다.
땀이든 눈물이든 바다든.

이삭 디네센 Isak Dinesen ○

뉴올리언스를 떠나 뉴욕으로 가기로 했을 때 미시시피강을 따라 참 많이도 뛰었다. 일 때문에 평생 여기저기 떠돌며 살았는데도 그 도시를 떠나는 것이 슬프고, 도시와 사람들이 그리울 것 같아 당황스러웠기 때문이다. 마치 연인과 헤어지는 기분이었다.

강을 따라 달리다 보니 마음이 많이 진정됐다. 어쩌면 강물 덕분인지도 모르겠다. 쉬지 않고 흐르면서도 늘 그 자리에 있는, 강이 주는 위안이 아닌가 싶다.

숨 쉬어. 이제 겨우 1막이 지났어. 인생이 끝난 게 아니라고.

S. C. 로리 S. C. Lourie   ○

이 글을 읽으면 뉴올리언스가 떠오른다. 허리케인 카트리나로 온 지역이 침수됐을 때 나는 강연을 갈 때마다 도시의 안부에 관한 질문을 많이 받았다. "사람들은 좀 어때요?" 사람들은 눈에 걱정을 가득 담고 물었다. 나는 숨을 한 번 쉬고 이렇게 되물었다. "뉴올리언스 출신 사람 만나본 적 있으신가요? 웬만해선 좌절하지 않는 사람들이에요. 오뚝이처럼 일어나죠. 지금도 그렇게 하고 있어요."

나는 사람들이 뉴올리언스를 참혹한 이미지로 기억하지 않기를 바란다. 허리케인 따위가 뉴올리언스를 무너뜨릴 순 없다. 그곳에 가보면 여전히 건재하다는 걸 알게 될 것이다!

9월 8일 ●

우리 뒤 또는 앞에 놓인 것은 우리 내면에 놓인 것에 비하면
아주 작은 문제다.

랠프 월도 에머슨 Ralph Waldo Emerson

○

작가이자 영화배우인 마리아 슈라이버와 인터뷰를 한 적이 있다. 마리아는 힘든 시간을 많이 보낸 사람이다. 그녀는 에머슨의 이 글을 좋아한다고 말했는데, 문제를 두려워할 필요가 없으며 문제의 해결책이 이미 우리 내면에 있다는 말이 위안이 되기 때문이라고 한다.

"뭔가 놓치고 있는 것 같다고 생각한다면 틀렸어요. 그것은 당신 안에 있어요. 그걸 신앙이라고 부르든 더 높은 힘이라고 부르든, 우리는 이미 그것을 가지고 있는걸요. 이 사실을 빨리 알수록 당신의 삶은 더욱 신나고 자유로워지며, 자신을 신뢰할 수 있어요."

친절히 대해주세요.
당신이 만나는 사람 모두가 당신은 모르는 힘든 싸움을 하는 중이니까요.

웬디 매스 Wendy Mass ○

사람들은 하루 동안 직장에서, 도로에서, 비행기에서 얼마나 많은 타인을 만나게 되는지 잘 모른다. 예의 없이 행동하는 상대를 친절하게 대한다는 게 쉽지는 않지만, 어쩌면 그 사람은 어떤 일로 상처를 입어서 그랬을 수도 있다. 당신도 오늘 소리 없이 전투 중인 사람을 적어도 다섯 명은 만났을 것이다. 그 모두를 어떻게 대했는지 한번 생각해보자.

9월 10일 ●

행복은 현재 이용 가능합니다. 마음껏 쓰세요.

틱낫한 Thich Nhat Hanh ○

몇 년 전 〈투데이〉의 직장 동료 알 로커와 뉴올리언스에서 사순절 행사를 취재하고 돌아왔다. 비행기에서 내려 운전해서 집에 돌아오니 새벽 2시쯤이었다. 샤워만 후딱 끝내고 충혈된 눈으로 집을 다시 나서서 방송국에 제시간에 도착했다. 그때 알의 노랫소리가 들렸다. 아주 우렁찬 목소리였다. 나는 놀라서 물었다. "알, 피곤하지도 않아요? 지금 노래 부를 힘이 있어요?" 특유의 미소를 머금고 그가 대답했다. "제 아버지가 버스를 운전하시는데 이때쯤이면 요 앞을 지나가시거든요." 그러면서 더 크게 노래를 불렀다. 이 대답으로 알의 모든 걸 알 수 있었다. 진정 행복은 언제든 이용 가능한 자원이다.

9월 11일
●

실연당한 사람은 다른 사람보다 더 단단하게 사랑할 것이다.
한때 어둠에 있었던 사람은 빛나는 모든 것에
감사함을 느끼기 마련이니까.

저크리 K. 더글러스 Zachry K. Douglas
○

2016년 5월, 툴레인대학교에서 졸업 연설을 할 때 나는 학생들이 사회에 나가서 쓸 유용한 열 가지 교훈을 전달했다. 아홉 번째를 말할 때 나는 졸업생들을 바라보며 20년 전에 뉴올리언스에서 만났던 한 남자를 가리켰다. "아홉 번째 교훈이 이 앞에 앉아 있습니다." 나는 10대 때 축구 선수로 활약하다가 사지 마비 환자가 된 데릭 에드워즈를 소개했다. "모두 불가능하다고 말했지만, 데릭 에드워즈는 고등학교를 무사히 졸업했습니다." 이 말과 함께 데릭의 얼굴이 대형 화면에 나왔다. 나는 데릭이 법학 학위를 비롯해 두 개의 학위를 땄다고 설명했다. 데릭의 어머니가 자랑스러워하는 얼굴로 아들 옆에서 활짝 웃고 있었다. "데릭은 또 어떤 도전을 계획하고 있을까요? 그는 미국 상원에 출마할 겁니다!" 학생들이 환호했고 나는 데릭을 향해 미소 지었다. "이것이 아홉 번째 교훈입니다."

가끔 인생은 당신이
원하는 것을 주지 않는데,
그것을 받을 자격이
없어서가 아니라
더 많은 것을 받을 자격이
있기 때문이다.

○

인생은 저렇게 아주 번거롭다.

꼭 지나고 나서야 다 이유가 있어서 그랬단 사실을

깨닫게 된다.

음악은 추억의 타임캡슐이다.

○

3분짜리 음악이 추억을 불러온다. 그때 어디에서 누구와 무엇을 했고, 어떤 느낌이었는지를 대번에 떠오르게 하기 때문이다. 당신에겐 어떤 노래가 예전으로 데려다주는가? 3분이면 된다. 그 음악을 들으면서 행복에 잠겨보자.

포기를 모르는 사람을 이기기는 어렵다.

베이브 루스 Babe Ruth ○

지쳤더라도, 낙담했더라도, 가망이 없더라도, 혼란스럽더라도, 절망적이어도, 계속 가라. 포기하지 않는 한 언젠가는 목적지에 도착할 것이다.

과거를 돌아보는 게 더는 재미없다면 지금 제대로 하고 있는 것이다.

○

과거를 곱씹는 것은 현재에 그만큼 집중하지 못하기 때문이다. 만약 현재가 신난다면 그까짓 과거에 눈길이나 주겠는가. 눈이 뒤통수에 달리지 않은 이유를 생각해보자. 우리 눈이 앞에 달려 있는 것은 앞을 보고 가야 하기 때문이다.

9월 16일 ●

이제 쉴 시간입니다. 다 잘될 거예요.

○

말만 들어도 너무 좋지 않은가? 자, 어깨에 힘을 빼고 소파에 축 늘어져서 잠깐 뒹굴거리자. 그렇게 해도 다 잘될 테니 너무 걱정하지 말자.

당신은 완벽하기 위해서가 아니라 진실하기 위해 태어났다.

랠프 마스턴 ○

완벽하게 진실해지자! 2019년, NBA 슈퍼스타이자 스포츠 분석가인 샤킬 오닐이 자신의 어머니 얘기를 들려주었다. 어머니가 그에게 진실하게 행동하라고 충고한 멋진 이야기였다. 샤킬은 처음 트위터를 시작할 때 자기 모습과 휘황찬란한 소유물을 자랑하는 과시용으로 여겼다고 말했다. '내 집을 봐. 여기 내 보트도 있어'라는 식이었다. 어느 날 그의 어머니가 전화해서 "돈 자랑은 그만해라. 겸손해야지"라고 말씀하셨다. 그 즉시 샤킬은 트위터를 위한 새로운 계획을 짰다. 60퍼센트는 재미를 위해, 30퍼센트는 영감을 위해, 10퍼센트는 정보를 위해 올리기로 했다. "어머니 말씀은 틀린 적이 없어요. 늘 침착하고 차분하시죠."

그의 인생 내내 어머니는 정확한 조언을 해주었다. 키 216센티미터에 몸무게가 140킬로그램이나 되는 사람과 마주 앉아 그의 어머니에 관한 이야기를 듣고 있는데, 상대의 진실이 그대로 전해져 왔다.

관대한 생각을 절대 억누르지 마라.

커밀라 E. 킴벌 Camilla E. Kimball

○

마주치는 사람에게 먼저 미소를 보내자. 밝게 인사를 건네고, 오늘 하루를 축복해주자. 나쁜 점을 지적하기보다는 좋은 점을 이야기해주자. 이렇게만 한다면 세상은 몰라보게 달라질 것이다. 행복은 전염성이 강한 감정이니까.

9월 19일 ●

너무 늦지 않았다. 너무 늙지도 않았다. 지금이 적기다.
그리고 당신이 아는 것보다 당신은 훨씬 잘한다.

메리앤 윌리엄슨   ○

쉰두 살에 아이를 입양하기로 하면서 마음의 준비를 하던 당시 나는 영화배우 샌드라 불럭이 떠올랐다. 샌드라는 나이 쉰을 앞두고 홀로 아들을 입양했고, 몇 년 후에는 딸을 입양했다. 얼마나 멋진가! 샌드라를 〈투데이〉에서 실제로 만날 기회가 있었는데 매우 호감이 갔다. 그래서 개인적으로 그녀의 에이전트에 연락했더니 샌드라가 곧장 내게 전화를 해줬다. 그때부터 우리의 이야기는 시작됐고 내 가슴은 뛰었다. 샌드라는 내가 인생에서 가장 위대한 모험을 하게 될 거라고 말했다. 입양에 관해 현실적인 설명도 해줬지만, 대체로 힘을 북돋는 말을 더 많이 해주었다. 그녀는 인생에서 해온 모든 일 가운데 입양이 가장 잘한 일이며, 앞으로도 그럴 거라고 고백했다. 샌드라와 이야기를 나누고 나서 나는 흥분에 휩싸였으며 자신감을 갖게 됐다.

자극을 줘서 고마워요, 친구. 당신의 말을 항상 명심할게요. "한 번도 사랑한 적이 없는 사람처럼 사랑에 빠질 준비를 하세요."

9월 20일　　　　　　　　　　　　　　　　　　　●

인생은 동화 같지 않다.
한밤중에 신발 한 짝을 잃었다면 그건 술에 취한 거다.

○

직장 동료 서배너 거스리가 인스타그램에 올린 글이다. 현실
세계에 신데렐라는 없다는 말을 하고 싶었던 듯하다.

9월 21일

세상은 당신의 의견이 아니라 당신의 행동으로 바뀐다.

파울로 코엘료

소셜 미디어, 인터넷 웹사이트, 방송국 채널 등 요즘은 의견을 피력할 장이 차고 넘친다. 그래서 자신을 돌아보기가 어느 때보다 어려워졌다. 키보드에서 물러나 거울 앞으로 가보는 건 어떨까. 아주 잠깐이라도 자기 모습을 들여다본다면 좀더 나은 자신이 될 수 있을 것이다.

당신이 말을 할 때는
이미 아는 것을 반복하는 것에
불과할 뿐이다.
하지만 누군가의 말을 듣는다면
새로운 것을 배울지도 모른다.

달라이 라마 Dalai Lama

○

그것이 바로 신이 우리에게 입은 하나.

귀는 두 개를 주신 이유다.

나는 새벽 3시의 사람을 좋아한다. 취약하고, 솔직하고, 진실하다.

○

나는 새벽에 일어나기 때문에 일찍 일어나는 직장 동료들과 통하는 게 있다. 그 시간에 사람들은 취약한 것 같다. 피곤하기도 하고 정신적 필터가 제대로 작동하지 않아서 있는 그대로 말하게 된다. 그래서 어떨 땐 메이크업실이 마치 고해성사실처럼 느껴지기도 한다. 나는 뉴욕의 넘치는 에너지를 좋아하지만, 동이 트기 전의 이 특별한 분위기도 좋다.

9월 24일 ●

해변에서 생긴 추억은 평생 간다.

○

내가 좋아하는 사진에는 해변에서 찍은 것들이 많다. 그중에서도 부모님과 우리 삼 남매가 함께 찍은 사진을 참 좋아한다. 사진 속에서 우리 가족은 들쑥날쑥한 키에 저마다 다른 수영복을 입은 채 함박웃음을 지으며 거품 이는 파도를 배경으로 서 있다.

우리는 지금도 여전히 해변에서 휴가를 보내지만, 사진의 주인공은 이제 신나게 노는 아이들이다. 해변으로 처음 놀러 갔던 날 나는 너무 신이 나서 모래를 가지고 노는 헤일리와 호프의 사진을 찍고 또 찍었다. 조엘도 바다를 좋아한다. 그래서 우리가 좋아하는 사진에는 둘이 나란히 일몰을 보는 모습이 많다.

9월 25일

인생을 낫게 만들기 위해 해야 할 일을 아는 데에는 지혜가 필요하다.
그 일을 하도록 자신을 밀어붙이는 데에는 용기가 필요하다.

멜 로빈스 Mel Robbins

○

지혜는 갖췄지만 용기를 내지 못한다면, 먼 훗날 지금을 되돌아보며 후회하게 될지도 모른다.

9월 26일 ●

곧 모험이 시작된다.

○

제나 부시 해거가 〈투데이〉의 공동 진행자로 온 첫날인 2018년 4월 8일에 올린 글이다. 제나의 열정과 에너지는 그녀를 처음 만난 순간부터 줄곧 내게 전염되고 있었기에 우리가 함께 모험을 시작할 거라는 사실에는 의심의 여지가 없었다. 세트장으로 걸어갈 때 제나의 반짝이는 눈과 생기 넘치는 발걸음을 보며, 그녀가 처음으로 학교에 가던 날보다 더 들떠 있음을 느꼈다.

쇼를 시작하고 몇 분 만에 제나는 눈물을 쏟았고, 우는 자기 모습에 이내 웃음을 터트렸다. 그러면서 자신의 경력에 도전이 될 이 새로운 무대에 가슴이 벅차다고 말했다. 부모님인 전 미 대통령 조지 부시와 로라 부시, 그리고 그녀의 쌍둥이 자매 바버라가 보낸 영상 메시지에 제나는 또 한 번 눈물을 훔쳤다. 그리고 자상한 남편 헨리와 아름다운 딸 마거릿과 포피가 빨강 장미를 안고 와서 깜짝 놀라게 했을 때는 완전히 폭풍 같은 눈물을 흘렸다.

이 떠들썩한 환영 인사를 시작으로 그녀는 우리가 절대 놓칠 수 없는 퍼즐 조각이 됐다.

9월 27일 ●

내 영혼은 만물이 시작하던 때부터 당신을 사랑해왔던 것 같습니다.
어쩌면 우리는 같은 별에서 왔을지도 모르겠어요.

에머리 앨런 Emery Allen   ○

나는 당신을 쭉 사랑해왔어요! 이 달콤한 감정은 하퍼콜린스
출판사에서 마거릿이라는 멋진 작가를 비롯해 그녀의 동료들
과 대화를 나눈 게 계기가 되어 나의 첫 번째 동화책 제목이 됐
다. 회의에서 나는 헤일리를 기다리는 동안 일기장의 모든 페
이지마다 "난 너를 쭉 사랑해왔어"라는 말을 썼다고 이야기했
다. 실제로 나는 헤일리를 만나기도 전부터 온몸으로 아이를
느낄 수 있었다. 헤일리를 위한 내 사랑은 시작도 끝도 없었다.
그것은 원래부터 거기 있었다. 딸들에게 내가 쓴 동화책을 읽
어줄 때마다 더없이 행복하다.

9월 28일

●

의심은 실패보다 더 많은 꿈을 죽인다.

수지 카셈 Suzy Kassem

○

나이가 들수록 의심이 줄어들긴 하지만, 완전히 없어지진 않는다. 의심은 질이 매우 나쁘다. 우리 마음에 휙 들어와서는 꿈이 만들어지려고 할 때마다 훼방을 놓는다. 노력했다가 실패할 순 있지만, 적어도 내가 꿈은 열심히 좇는다는 점에서 이 명언을 무척 좋아한다.

예쁜 얼굴과 완벽한 몸매는 나이가 들면 잃을 수도 있지만,
아름다운 영혼은 나이와 상관없이 늘 아름답다.

○

나이가 들면 사라질지도 모르는 것에 집착하지 말자. 외모를
가꾸는 데에는 돈도 많이 드니, 수지타산이 맞지 않는 일 아
닌가?

스마트폰 보는 걸 잊게 하는 사람들과 함께 있는 게 좋다.

○

남녀노소를 막론하고 많은 사람이 스마트폰에 심하게 중독되어 있다. 쉼 없이 정보와 즐길 거리를 제공하는 스마트폰을 손에서 떼어놓으려면 엄청난 의지가 필요할 정도다. 나야말로 스마트폰을 끼고 살았고, 멀어져 보려고 노력도 했다. 하지만 쉽지 않았다. 그런데 그 일을 단번에 해치운 해결사가 나타났다. 바로 헤일리다! 헤일리가 온 뒤로 나는 이 꼬마 천사에게 중독됐다.

10월

OCTOBER

우리는 자신을
비참하게 할 수도,
강인하게 할 수도 있다.
어느 쪽이든
똑같은 수고가 들어간다.

카를로스 카스타네다 Carlos Castaneda

○

결과가 이렇다면,

어느 쪽을 택할지 생각할 필요도 없지 않은가?

10월 2일

●

관심이야말로 가장 희귀하고 순수한 형태의 너그러움이다.

시몬 베유 Simone Weil

○

나는 이 말을 두 가지로 받아들인다.

- 주의를 방해하는 요소들이 넘쳐나는 이 세상에서 타인에게 관심을 기울인다는 것은 전적으로 의식적인 선택이다.
- 누군가에게 관심을 기울인다는 건 그 순간 그들과 함께하는 것이며, 그들이 무엇을 필요로 하는지, 무엇이 그들을 행복하게 하는지에 집중하는 것이다.

'머리, 어깨, 무릎, 발'의 어른 버전은 '지갑, 안경, 차 키, 전화기'다.

　　　　　　　　　　　　　　　　　　　　　　　　　　　○

이제 헤일리와 율동을 할 때마다 이 글이 생각날 것 같다.

10월 4일 ●

최근에 뭔가를 처음 시도해본 적이 있는가?

○

조엘은 이 점에서만큼은 최고라고 자부한다. 수많은 예 가운데 몇 가지만 얘기해보겠다. 조엘은 쉰여덟 살 때 하키팀에 들어가기 위해 아이스스케이트를 배웠고, 쉰아홉 살 때는 헤일리의 아빠가 되는 것에 동의했고, 예순하나가 다 되어서는 기꺼이 호프를 받아들였고 직장도 옮겼다. 함께 사는 나는 뭔가를 처음 시도해본 게 언제인지 기억도 나지 않을 정도인데 말이다.

음악, 바다, 별.
이 세 가지가 가진
치유의 힘을
과소평가하지 마라.

○

특히 이 세 개가 동시에 있으면 완벽하다!

10월 6일

자연스럽게 끌리는 것에 관심을 가져라.
그것은 인생에서 자신의 길, 열정, 목적과 종종 연결된다.
용기를 내어 이것들을 좇아라.

루벤 차베즈 Ruben Chavez

○

15년 지기 친구인 마리아 슈라이버는 알츠하이머병 퇴치를 위해 용기 있게 싸우고 있다. 그녀의 아버지가 알츠하이머병에 걸렸을 때, 마리아는 알츠하이머에 대해 알아보다가 여성의 발병 비율이 남성보다 두 배 더 높다는 사실을 알게 됐다. 게다가 수백만 명의 여성이 알츠하이머병에 직접 걸리기도 하지만, 그 질병에 시달리는 가족이 있을 때 간병해야 하는 사람도 여성이었다.

그 자신이 여성이자 아버지의 간병을 했던 사람으로서 마리아는 비영리 기구인 '여성의 알츠하이머 운동'을 설립했다. 알츠하이머병에 관한 인식을 높이고 연구비를 마련하며, 여성들을 지원하기 위해 설립된 단체다. 이곳에서는 해마다 '마음을 위한 운동' 프로젝트를 개최해 식이요법, 운동, 충분한 수면으로 질병을 예방하는 데 힘쓰고 있다. 마리아의 용기와 열정에 박수를 보낸다.

10월 7일

미래의 비밀은 당신의 일상에 감춰져 있다.

마이크 머독 Mike Murdock

이 문구는 '하루하루를 어떻게 보내느냐에 따라 인생이 결정된다'라는 애니 딜러드의 명언과도 통한다. 나는 운동을 할 때 조금씩 늘려가는 방식을 택했다. 달리는 거리를 매일 조금씩 늘려가다 보면 어느덧 그것이 일상이 되어 있을 것이다.

10월 8일

●

"난 아직 죽지 않았어!"
9시 45분에 종합비타민 한 알을 꿀꺽 삼키고
침대로 들어가며 내게 속삭인다.

○

9시 45분이라고? 아직 청춘이군요!

평일에 나는 저녁 8시면 잠자리에 든다. 아이들을 재우고 나면 나도 곧장 침대에 쓰러진다. 새벽 3시 알람이 기다리고 있기 때문이다.

잠자리에 드는 시간이 점점 일러지자 조엘이 놀랐다. "어? 벌써 잔다고?" 불쌍한 조엘. "드라마 같이 보려고 했는데…." 안 돼, 난 자야 한다고. TV에선 저녁 8시 이후에 쇼가 방송되지만 난 볼 수가 없다. 세상은 나 없이 돌아간다. 하지만 괜찮다. 태양이 기지개를 켜기 전에도 좋은 일이 많이 일어나니까.

10월 9일

인생에서 가장 중요한 이틀은
태어난 날, 그리고 태어난 이유를 깨닫는 날이다.

어니스트 T. 캠벨 Ernest T. Campbell

헤일리를 집에 데려오고 나서 처음 몇 달 동안은 아주 가까운 사람들 말고는 내가 입양했다는 사실을 몰랐다. 어느 날, 뭔가를 사러 편의점으로 가고 있는데 한 여성이 인사를 건네며 이렇게 물었다. "아이가 있으세요?" 그동안 누구에게도 들어본 적이 없는 질문이었다. 조카들 자랑을 많이 하고 다니기는 했어도, 누군가가 나에게 이렇게 물어오는 건 처음이었다. 나는 헤일리의 조그맣고 예쁜 얼굴과 깊은 갈색 눈동자를 떠올렸다. 그리고 활짝 웃으며 대답했다. "네, 딸 하나가 있어요. 헤일리라고 해요." 이 마법 같은 단어가 내 입 밖으로 나와 귓전을 맴돌며 춤을 췄다. 네, 아이가 있답니다! 그 몇 초의 대화로 내가 꿈을 이뤘다는 사실을 실감했다.

10월 10일 ●

내가 얼마나 강한지는 강해지는 것 외에
다른 선택이 없을 때에야 비로소 알게 된다.

밥 말리 Bob Marley

○

정말 그렇다. 어느 운명적인 날에 두려움과 연약함이 "날 선택
해!"라고 소리 지르며 길길이 날뛰어도, 당신을 도울 건 강인
함뿐이란 사실을 알게 될 것이다.

때로는 고요의 순간이 필요하다.

○

내게 비행기는 머리를 식히는 장소다. 후드를 뒤집어쓰고 이어폰을 귀에 끼고 아무 음악이나 듣는다. 일상에서 내가 좋아하는 '나만의 시간'은 3시 15분에 시작된다. 침대에서 나와 초를 켜고, 음악을 틀고, 일기장을 편다. 그리고 명언을 선택한다. 30분은 더 자도 되지 않느냐고 할 수도 있지만, 그건 내 방식이 아니다. 혼자만의 그 시간은 내가 차분히 하루를 시작하게 해준다. 그 덕에 나는 세상으로 나와 어떤 요청을 받아도 전사처럼 당당하게 해치울 수 있다.

10월 12일 ●

난 할 수 있고 할 것이다. 두고 보라.

○

나는 이런 투지가 좋다. 특히 엄두가 안 나는 일을 앞에 두고 있을 때 주문처럼 이 말을 반복한다. "난 할 수 있고, 해내고 말 거야." 그다음 말도 빼놓을 수 없다. "두고 보라지."

10월 13일 ●

때로는 겁먹지 말고 부딪쳐야 한다.
되든 안 되든 둘 중 하나다.
그게 인생이다.

○

아주 단순하지만, 고개가 끄덕여지지 않는가? 주저하지 마라.
별거 아니다. 하고 싶은 대로 하고 다음으로 넘어가자.

10월 14일 ●

행복을 잃었던 곳에서 다시 행복을 찾지 마라.

○

우리는 대체 왜 그러는 걸까? 초콜릿 쿠키 한 봉지를 맛있게
먹고, 후회하고, 다시 먹는 사람이 나만은 아닐 것이다.

10월 15일 ●

때로는 두 살짜리 아이와 이야기할 때 인생을 더 잘 이해할 수 있다.

○

어느 날 오후, 자주 가던 놀이방에 들어간 헤일리가 낯선 사람 네 명을 향해 팔을 벌리더니 "단체로 포옹해요!"라고 말했다. 그다음 어떤 일이 일어났는지 아는가? 네 사람이 다 그 말을 따랐다. 할아버지와 할머니 그리고 중년의 부부가 의자에서 일어나더니 팔을 벌려 헤일리를 포옹했다. 정말 최고의 장면이었다! 두 살짜리가 그들에게 순수하고 자연스럽게 사랑을 요청하는 법을 일깨워준 것이다. 왜 그런지는 모르겠지만, 사람들은 어른이 되면서 필요한 것을 요청하는 법을 잊어버린다.

10월 16일 ●

가끔은 생각하고, 궁금해하고, 상상하고, 집착하는 것이 최선이 아닐 수도 있다. 단순히 숨 한번 크게 쉰 다음, 결국은 모든 것이 잘될 거라고 믿기만 해도 된다.

○

이 명언을 인터넷에 올리고 한 달쯤 지났을 때, 한 젊은 여성에게 편지를 받았다. 자신을 알리라고 소개한 그 여성은 골프공 크기의 뇌종양 진단을 받고 한쪽 눈의 시력을 잃어가고 있었다. 그러나 이후 성공적으로 수술을 마치고 시력도 회복한 그녀는 내게 황금색 나비가 새겨진 편지지에 편지를 썼다. 일부를 소개하자면 다음과 같다.

"매일 올리는 인스타그램의 글 덕분에 암 진단을 받고서도 마음의 평화를 유지할 수 있었어요. 칠흑 같은 어둠 속에서 일어나 당신이 올린 글을 읽었던 1월 6일의 아침은 앞으로도 절대 잊지 못할 거예요. 미소를 지었다가 눈물이 나와서 한참을 울었어요. 이후로는 그 말들을 꼭 붙잡고 다시는 어둠 속을 돌아보지 않았어요. 믿음을 갖는다는 게 쉽다는 걸 증명해줘서 고마워요. 인생은 너무나 놀랍고 기적은 실제로 일어난답니다!"

나를 찾으려면
먼저 당신 자신을 찾아라.

루미

○

최고의 당신을 찾은 다음 다시 오세요.

기다리고 있을 테니.

10월 18일 ●

천사가 당신을 지켜보고 있다는 걸 알면 위안이 될 것이다.

○
___

시리우스 라디오에서 '플레이 잇 포워드'라는 코너를 진행할 때 한 여성과 전화 통화를 했다. 그리고 나서 '천국에서 온 동전'이라는 문구와 함께 동전이 그려진 항아리 그림을 인스타그램에 올렸다.

코너 내용은 선행을 베푸는 사람의 이야기를 청취자들과 공유하고 그와 연관된 노래를 틀어주는 것이었고, 나랑 통화한 여성은 초등학교 교사 캐리였다. 캐리는 아들이 병으로 세상을 떠났는데 동전을 우연히 볼 때마다 아들 라이언이 보낸 신호라고 여겼다. 캐리는 그런 생각을 자기 반 학생들에게도 이야기한 적이 있다. 이후 의외의 장소에서 동전들이 계속 나타났는데, 알고 보니 한 학생이 자신의 저금통을 뜯어 선생님이 우연히 보게 되도록 동전을 학교 곳곳에 두었다는 것이다. 정말 사랑스럽지 않은가! 캐리의 사연에 나는 감정이 너무 북받쳐 광고를 내보내야만 했다. 나는 다음 날 아침 그 이미지를 인스타그램에 올리고, 천사가 보내준 동전의 힘이 얼마나 큰지 사람들과 이야기를 나누었다.

인생에서 행복은 사고의 질에 달려 있다.

마르쿠스 아우렐리우스 Marcus Aurelius ○

수십 년간 일기를 썼더니 매일 감사하는 마음이 저절로 생겨났다. 몇 년 전 헬스클럽에서 우연히 〈테드〉 강연을 보고 감사하는 마음에 관해 깨닫게 됐다. 심리학자 숀 어쿼의 강연이었는데, 그는 감사했던 사람이나 경험을 기록하는 습관을 들이면 우리의 뇌를 다시 프로그래밍할 수 있다고 설명했다.

그 말을 듣고 '한번 해볼까?' 하는 생각이 들었다. 실제로 해보니 간단하고 재미있어서 이제는 하루라도 빼먹으면 허전할 정도다. 매일 아침 전날의 '감사한 일' 세 가지를 적으려고 노력한다. 그러면 나의 뇌는 어제 있었던 행복한 일만을 훑으면서 그 감정을 다시 체험한다.

고마워요, 숀 워커. 당신 덕분에 중요한 것에 집중할 수 있게 됐어요. 좋은 것은 글로 쓰고, 나쁜 것은 두 번 다시 생각하지 않고 있답니다.

10월 20일 ●

인생에서 최고의 시간은 당신에게 중요한 사람과 웃으며 보냈던,
작고 사소한 순간들이다.

리투 가투리 Ritu Ghatourey

○

어느 날, 헤일리를 침대에 눕히는데 서로 눈이 마주쳤다. 쿵!
그 순간 뭐라 표현할 수 없는 어떤 일이 일어났다. 감정…, 우
리의 관계…. 아름다운 갈색 눈동자에 나는 압도되고 말았다.
울음이 터지면서 눈물이 뺨을 타고 흘러내렸다. 그때 헤일리가
내 뺨을 만지며 "축축해요, 엄마"라고 말했다. 지금도 그 모습
과 목소리가 생생하다. 그 순간 '세상에! 이 아이는 모든 것을
보고 모든 것을 느끼는구나'라는 생각밖에 들지 않았다. 그 작
고 사소했던 30초의 짧은 교감은 완벽한 그림이 되어 추억으
로 새겨졌다.

인생은 사람의 그릇에 비례해 좁아지거나 넓어진다.

아나이스 닌 Anais Nin ○

한평생을 살면서 아주 좁은 세계에 갇혀 있길 바라는 사람은 아마도 없을 것이다. 적어도 나는 그렇다.

걱정하기보다는 빗속에서 춤추는 법을 배우겠다.

니키 로 Nikki Rowe

○

〈사랑은 비를 타고〉라는 뮤지컬을 떠올리게 하는 명언이다. 빗속에서 춤을 추다 보면 걱정이 얼마나 쓸데없는 일인지 실감하게 될 것 같다.

가장 뛰어난 자신의 모습을 상상하라.
그 모습을 자기로 드러내라.

○

시리우스 라디오 방송에서 타일러 페리를 인터뷰했을 때, 그는 상상했던 미래를 실제로 살게 된 이야기를 털어놓았다. 영화배우이자 영화감독인 타일러는 뉴올리언스에서 매우 가난하게 자랐다고 자신을 소개했다. 10대 때 부유한 동네에 매물로 나온 집들을 부럽게 쳐다보다가 문득 안으로 들어갔다. 언젠가 살게 될 집을 보고 싶어서였다. 그는 지금도 자동차 대리점을 방문해서 언젠가 타게 될 멋진 차의 운전석에 앉아본다고 한다. 사람들은 한낱 백일몽이라고 불렀지만 타일러는 단지 꿈만 꾼 게 아니라 실제로 꿈을 향해 내달렸다.

10월 24일　　　　　　　　　　　　　　　　　　　●

육아란 "방금 간식 먹었잖아!"라고 소리 지르면서도
또 과자 한 봉지를 주는 것이다.

@loud_momma
　　　　　　　　　　　　　　　　　　　　　　　　　○

전적으로 공감한다. 그런 상황이 반복될 때마다 나는 속으로
생각한다. '혹시 나는 빵점 부모가 아닐까?' 하지만 어쩌랴. 이
미 난 아이 앞에서 통제력을 잃었는걸.

10월 25일 ●

사람들이 내 말을 듣는다고 느끼는 순간 치유되기 시작한다.

셰릴 리처드슨 Cheryl Richardson ○

자기 목소리를 내지 못하는 것보다 더 나쁜 것은 없다. 아니, 한 가지가 있다. 목소리를 내면서 아무도 내 말에 귀를 기울이지 않을 거라고 생각하는 것이다.

사람들이 몇 분 만이라도 플러그를 뽑는다면
거의 모든 것이 다시 작동할 것이다.

앤 라모트 Anne Lamott ○

제나 부시 해거와 나는 2주 동안 소셜 미디어를 끊어보기로 했
다. 둘 다 이제 소셜 미디어라면 넌더리가 나고 헤어나올 수 없
는 늪에 빠져서 시간만 낭비하게 된다고 여기던 차였다. 나는
차가 밀리거나 약속 장소에서 사람을 기다릴 때 전자 장비부터
빼 드는 습관이 들어 있었다. 그래서 책 몇 권을 이북으로 구입
했다. 운전을 하다가 차가 막히면 창밖을 쳐다봤다. 그 덕에 눈
이 막 내리기 시작하는 순간을 포착하기도 했다. 엄마에게 더
자주 전화를 걸었다. 내가 너무나 자주 전화하자 엄마는 슬슬
걱정이 됐는지 "무슨 일 있니?"라고 물으셨다.

2주 후 제나와 나는 트위터와 인스타그램으로 SNS 활동을 재
개했다. 역시 살 맛이 난다. 기사를 읽고, 댓글을 읽고, 프로필
사진을 둘러보고, 햄버거를 그릴 위에 올리고 굽는 사람들의
이미지를 훑어보고 있다. 하지만… 첨단 기술과 거리를 두었
던 그 2주 동안이 실제로 기분은 훨씬 좋았다.

10월 27일 ●

결국 만사는 제대로 흘러가게 되어 있다.
그때까지 혼돈에도 웃고, 순간에 살며,
모든 것은 이유가 있어서 일어난다고 생각하라.

알베르트 슈바이처 Albert Schweitzer

○

헤일리를 처음 만나던 날 작은 울음소리를 먼저 들었다. 그러고 나서 문이 열리고 한 여자가 두 팔로 아기를 안고 걸어왔다. 나는 숨을 제대로 쉴 수가 없었고 모든 게 슬로 모션처럼 느껴졌다. 아기를 안은 여자가 "따님이에요"라고 말했다. 작고 따뜻한 내 딸이 품에 안겼다. 지금껏 경험해보지 못했던 감정이 솟구쳐 올랐다! 헤일리는 아름다웠다. 자신을 온전히 나에게 맡긴 채 만족하는 것처럼 보였다. 그 마법 같은 순간에 나와 내 인생의 모든 것이 바뀌었다. 닫혔던 문이 열리고, 헤일리가 그 문을 지나 내게로 왔다는 사실이 믿기지 않았다.

며칠 후 나는 숨을 돌리고 나서 이 소식과 내가 느낀 경이로움을 모두에게 전했다. "쉰둘에 아이가 생겼어요." 한 친구가 "아기는 때맞춰 온다"라고 말해줬다. 정말 그랬다! 내 인생은 이 사랑스러운 딸을 위해 준비해온 것만 같다.

인생에서 좋은 일은 주변에 긍정적인 사람이 있을 때 일어난다.

로이 베넷 Roy Bennett

○

나는 긍정적인 사람들이 정말 중요하다고 믿는다. 좋은 태도는 전염성이 강하기 때문이다.

우리에게 정말 필요한 책은 《임신한 당신이 알아야 할 17년 후(What to Expect 17 Years After You Were Expecting)》다.

○

웃긴데 웃을 수만은 없는 글이다. 우리 딸들은 아직 10대가 아니지만, 10대 자녀를 기르는 과정에서 방황하는 친구를 많이 봤다. 그 친구들은 엄마가 되는 게 그다지 멋지지 않으며, 그 앞에는 가슴 아픈 도전들이 기다리고 있다고 했다. 하지만 나는 그마저도 기다려진다!

10월 30일　●

슬픈 소식은 시간이 빨리 간다는 것이다.
좋은 소식은 당신이 그 시간의 조종사라는 것이다.

마이클 알트슐러 Michael Altshuler　○

우리가 조종사라고? 시간은 누구도 통제할 수 없지 않을까?
타협하는 차원에서, 부조종사쯤으로 해두는 게 나을 것 같다.

10월 31일 ●

끈적거리는 손가락, 지친 발, 마지막 집, 사탕 주지 않으면 장난칠 거예요!

러스티 피셔 Rusty Fischer ○

헤일리는 두 살쯤 됐을 때 이미 뉴욕 핼러윈 스타일의 재미를 깨우쳤다. 뉴욕의 주택가는 걸어서 다니긴 힘들어서 이곳 주민들은 평소 좋아하는 가게로 사탕을 받으러 간다. 이날은 사람 구경을 하는 재미가 쏠쏠하다. 헤일리는 책에서 본 꿀벌을 좋아해서 귀여운 호박벌 의상을 입혔다. 나도 커플로 벌 의상을 입고, 우리 엄마도 벌 가면에 줄무늬 셔츠로 멋지게 변장하고, 조엘은 '벌들과 놀고 싶어요'라는 문구가 쓰인 티셔츠를 입었다. 출동!

우리 가족은 동네 편의점들을 찾아가 윙윙거리며 "사탕 주지 않으면 장난칠 거예요"와 "감사합니다"를 외쳤다. 올해 핼러윈에는 호프도 동참시킬 계획이다. 아마도 캐러멜 사과로 변장한 헤일리가 핼러윈을 즐기는 법을 직접 보여줄지도 모르겠다.

11월

NOVEMBER

추락은 사고지만
추락한 채로 있는 건 선택이다.

로즈메리 노니 나이트 Rosemary Nonny Knight

○

추락했다면, 적어도 혼자 무릎으로 서려고 노력하라.

그런 다음 다리로 일어설 힘을 달라고 기도하라.

11월 2일 ●

우리가 불안감에 힘들어하는 이유는
다른 사람의 최고 장면과 우리의 무대 뒤 모습을 비교하기 때문이다.

스티븐 퍼틱 Steven Furtick

○

2007년 해리엇 셀윈이 내게 와서 유방 절제술을 받은 내 가슴을 보여달라고 했다. 그녀는 아무렇지도 않게 "보여줘"라고 말했다. 나는 당황했고 암으로 겪었던 그때의 충격과 공포가 떠올랐다. 게다가 남에게 내 몸을 보여준다는 것도 내키지 않았다. 해리엇은 40대에 유방 절제술을 받았을 뿐만 아니라, 암을 극복한 사람들의 단체 사진에서 상반신을 드러내고(한쪽 가슴은 온전하고, 한쪽은 없는 채로) 포즈를 취했다. 그 사진은 암 환자를 후원하는 책에 실렸다. 내가 채 말릴 겨를도 없이 해리엇이 셔츠를 벗더니 젖꼭지가 없는 평평한 가슴을 드러냈다. 그러고는 "이게 뭐, 보기 흉하다고?"라고 말했다. 나는 깊고 긴 한숨을 내쉰 뒤 그녀의 가슴을 옷으로 덮어주었다. 그리고 내 모습을 보여줬다. 해리엇은 우리 둘을 위한 알몸 드라마를 함께 본 '첫 번째' 사람이 됐다.

가끔 우리는 어쩔 수 없이 불안정함을 드러낼 수밖에 없다. 상대가 내게 보여준다면 나도 그에게 보여줄 것이다.

11월 3일

●

모두가 하고 있는 것에 신경 쓰지 않을 때 인생은 더 쉽다.

○

모든 사람이 365일 연결되는 시대에 저 말처럼 하기는 상당히 힘들다. 하지만 잠시라도 무리에서 동떨어져 시간을 가지라는 말은 새겨들을 만하다.

당신의 행복 때문에 행복하고, 슬픔 때문에 슬픈 사람들을 주목하라.
그들은 당신 마음에 특별한 자리를 차지할 만한 사람이다.

○

인생에서 당신에게 좋은 일이 일어났을 때 진심으로 기뻐해 주
는 사람이 있다는 건 정말 축복받은 일이다. 나에게는 가족 외
에 카렌, 자니, 젠이 그런 사람이다. 당신의 명단도 한번 확인
해보라.

자신의 삶에 책임을 진다는 의지가 자존심의 원천이다.

조앤 디디온 Joan Didion   ○

배우 엘리 켐퍼는 사람은 안 좋은 일이 일어났을 때 자기 연민에 빠지기 쉽다는 걸 잘 알기에 이 명언이 좋다고 말한다. "내가 출연하는 드라마는 어차피 끝나겠지만, 그것을 어떻게 받아들일지는 제 손에 달렸어요"라고 그녀는 말했다. "그게 지혜란 거겠죠."

엘리는 사람이 항상 책임을 진다는 것이 쉽지는 않지만 결국 그것이 본인의 캐릭터를 만든다고 덧붙였다. "외부 요인을 비난하는 건 잘못하는 거예요. 자기가 한 일의 결과는 자기가 책임져야죠. 그래야 자신을 자랑스럽게 여기고 존중할 수 있어요. 또 훨씬 행복해지고요." 많은 사람이 '좋아요'를 갈구하고 사회적 확인을 찾는 요즘 시대에 엘리는 특히 이 명언을 새겨야 한다고 강조한다. "이 명언은 '아니야, 당신은 당신 자신을 좋아해야 해'라고 말해줍니다."

11월 6일

폭풍우는 나무가 뿌리를 더 깊이 내리게 한다.

돌리 파톤

〈투데이〉에서 섭외를 책임지고 있는 메건 스택하우스는 쇼에 출연하기로 한 유명인이란 유명인은 전부 만나봤다. 비욘세부터 톰 행크스까지, 메건은 그들과 직접 악수를 나누는 사람이다. 그래서 나는 돌리 파톤이 세트장에 나타났을 때 벌어진 상황을 보고 무척 놀랐다.

나는 메건이 돌리를 매우 좋아한다는 사실을 알고 있었기 때문에 광고가 나가는 시간에 돌리를 개인적으로 만나게 해주기 위해 그를 불렀다. 그러나 메건은 거절했다. 이해가 되지 않았다. 결국 끌다시피 해서 메건을 데려왔다. 그런데 메건이 돌리 앞에 서자마자 우는 게 아닌가. 돌리가 "괜찮아요?"라고 자상하게 물었다. 당황했지만 이내 진심을 담아 두 팔을 벌렸고, 메건이 돌리 품에 안겼다. 메건은 계속 눈물을 흘리며 "당신은 모르시겠지만, 당신이 저를 키웠어요"라고 말했다. 돌리, 그리고 감사하다는 말을 전하던 메건 모두 정말 아름다웠다.

11월 7일 ●

미래의 내가 고마워할 일을 오늘 하라.

숀 패트릭 플래너리 Sean Patrick Flanery ○

주위를 보면, 남들에겐 관대하지만 자신에겐 티끌만큼의 실수에도 엄격한 사람이 얼마나 많은가. 오늘의 내게 선행을 베풀자.

11월 8일

●

무언가가 싫다면 그것을 바꾸세요.
그럴 수 없다면 그것에 대한 당신의 생각을 바꾸세요.

메리 엥겔브라이트 Mary Engelbreit

○

이 명언은 내가 할 수 있는 일이라서 매우 마음에 든다. 문제를 바라보는 시각을 다시 프로그래밍하는 게 어렵기는 하지만, 할 수 없는 일은 아니다. 우리의 생각은 마음먹기 나름이니, 나를 위해 작동하게 만드는 게 어떨까?

11월 9일 ●

당신이 하루를 어떻게 보냈는지 항상 궁금해하는 사람과 함께 있어라.

○

그 사람은 당신에게 일어난 좋은 일, 나쁜 일, 치욕스러웠던 일을 기꺼이 들어줄 것이다.

11월 10일

쓰러지고 불꽃을 잃어도 괜찮다.
다만 다시 일어날 때 불꽃을 되살리기만 하면 된다.

콜레트 베르든 Colette Werden

고등학생 때 육상부로 활동하던 웬디라는 친구가 지금도 잊히지 않는다. 웬디는 학교 대표 허들 선수로 경기에 나갔고, 우리는 출발선 근처에서 응원하고 있었다. 경기가 시작되자 웬디는 앞서 달려가며 허들을 하나씩 매끄럽게 뛰어넘었다. 그때 도약하는 다리가 허들 가장자리에 걸리면서 몸이 휘청거렸다. 다음 순간 반대쪽 발도 걸렸고, 마지막 허들에 발이 걸리면서 앞으로 고꾸라지고 말았다. 웬디가 쓰러지자 우리는 놀라 숨을 멈췄다. 그러나 웬디는 천천히 일어나 먼지를 털어내고는 결승선까지 들어왔다. 그날 함께 경기를 치른 선수 모두가 웬디를 향해 박수를 보냈다.

경기 후 코치님이 우리에게 한 말이 아직도 기억난다. "오늘의 진정한 승자는 여기 있다." 코치님은 이렇게 말하며 오늘 곤경을 겪은 우리의 친구를 가리켰다. "바로 웬디다!"

●

평생의 특권은 당신 자신이 되는 것이다.

조지프 캠벨 Joseph Campbell ○

직업을 바탕으로 당신이 누구인지 파악하기까지는 다소 시간이 걸릴 수도 있다. 하지만 한 사람으로서 당신이 누구인지는 많이 생각할 필요가 전혀 없다. 그냥 당신은 당신이니까!

11월 12일 ●

무서워해도 괜찮아요.
무섭다는 건 이제 당신이 진짜 용기를 낼 참이라는 뜻이니까요.

맨디 헤일
○

두려움, 불안, 흥분이 얼마나 비슷한지 알면 참 재미있다. 이 감정들은 서로 연결되어 있지만, 동기를 부여하는 방식은 매우 다르다. 때로는 두려움을 느껴야만 앞으로 계속 나갈 수 있다.

11월 13일 ●

칭찬과 비판을 모두 인정해라.
나무가 자라려면 햇빛과 비 모두가 필요한 법이다.

○

맞는 말이지만, 요즘은 출처가 어디인지 확인해볼 필요가 있
다. 가짜 뉴스가 판을 치는 세상이니 비판만이 아니라 칭찬조
차 때로는 의심이 든다.

당신을 행복하게 만드는 것을 더 하라.

○

1단계: 당신을 행복하게 만드는 게 뭔지 생각해본다.

2단계: 그것을 더 한다.

타인과 당신의 삶을 비교하지 마라.
해와 달은 비교할 수 없다.
그들은 자기 시간에 빛을 비춘다.

○

우리는 저마다 고유하다. 고유하다는 건 비교 불가라는 의미
다. 게다가 비교한다는 건 지치는 일이기도 하다.

11월 16일 ●

자신에게 너무 가혹하게 굴지 마라. 〈이티〉에 나오는 엄마는 외계 생명체가 자기 집에서 며칠 동안 지내는데도 전혀 눈치채지 못했다.

○

사실, 그렇게 까칠하게 굴지 않아도 되는 일이 얼마나 많은가. 출근길 바빠 서두르는 와중에 누군가가 내 팔꿈치를 치고 가면 어떤가. 엘리베이터를 기다리는데 하필 내 앞에서 인원이 다 찼다는 경고음이 들리면 어떤가. 식탁을 막 치우고 돌아섰는데 아이가 과자 봉지를 잘못 뜯어 온통 어질러놓으면 어떤가. 그냥 웃어넘기자. 이거 아니라도 살면서 신경 쓸 문제는 넘치게 많다.

11월 17일

용서는 자신에게 줄 수 있는 최고의 선물이다. 그러니 모두 용서하라.

마야 안젤루 Maya Angelou

언뜻 생각할 때, 용서는 내게 상처를 주거나 잘못한 사람을 봐주는 행위처럼 여겨진다. 하지만 그게 아니다. 용서는 실천하기 힘든 만큼, 자신에게 줄 수 있는 최고의 선물이다. "당신을 용서할게요"라는 건 "내 마음의 평화를 다시 찾았어요"와 똑같은 말이다.

11월 18일 •

이겨낼 수 없을 것처럼 보이는 역경은 놀라운 기적을 위한 밑거름이 된다.

○

2010년 2월 7일, 마이애미에서 열린 제44회 슈퍼볼에서 뉴올리언스 세인츠가 인디애나폴리스 콜츠를 눌렀다. 나는 그 경기를 직접 관람한 수만 명 중 한 명이다. 나는 세인츠팀의 컬러인 검은색과 금색이 들어간 옷을 입고, 누가 봐도 세인츠팀의 팬으로서 〈투데이〉에 내보낼 방송을 취재하러 갔다. 경기장은 세인츠 팬들로 가득했고, 팬들은 경기 내내 바짝 긴장했다.

마침내 경기가 끝났다. 스코어보드에는 31:17로 세인츠가 승리했다는 문구가 떴다. 세인츠 팬들은 환호성을 내질렀다. 함께 간 동료와 힘겹게 필드로 내려왔을 때 내가 역사의 현장 한복판에 있다는 사실에 가슴이 벅차올랐다. 어린 아들 베일런을 안고 눈물을 흘리며 우승의 순간을 만끽하고 있는 드루 브리즈가 보였다. 뉴올리언스가 치유되고 있다는 걸 실감했다. 오늘의 승리는 세인츠의 승리일 뿐만 아니라 5년 전 허리케인 카트리나로 황폐해진 도시의 승리였다. 엄청난 역경이 이 도시에 놀라운 기적을 일으켰다.

신앙은 한 발은 땅에, 한 발은 허공에 두고 있어서 불안한 느낌이다.

안젤리카 수녀 Mother Angelica   ○

친구 카렌은 내가 아는 가장 강한 사람 중 하나로, 그녀를 지탱하는 힘은 깊은 신앙심이다. 카렌을 알고 지낸 이후, 심지어 남편이 암으로 세상을 떠났을 때도 그녀의 신앙심은 흔들리지 않았다. 카렌은 자신의 슬픔을 견뎌야 했을 뿐만 아니라 아버지를 잃은 어린 딸 캐서린의 아픔도 다독여야 했다.

"사랑과 함께 신앙은 가장 위대한 선물이야"라고 카렌은 말한다. "신앙은 우리 앞길에 어떤 장애가 있어도 앞으로 나갈 수 있게 지탱해주거든. 하느님과 함께라면 어떤 문제라도 다 잘 풀리리라는 생각이 들지."

불가능은 단지 하나의
의견에 불과하다.

파울로 코엘료

○

'불가능'을 '가능'으로 바꾸는 게 무엇인지 아는가?

바로 사랑이다.

화를 참는 그 순간, 당신은 후회의 순간 천 번을 구한 것이다.

○

그 천 번의 순간은 너무 끔찍할 것이다. 후회는 매우 고질적이기 때문이다. 나는 10년 전에 하지 못한 일을 지금도 후회한다. 뉴욕의 어느 날 아침, 나는 출근 인파 속에서 브로드웨이를 따라 걸어가고 있었다. 아기를 안고 있는 한 엄마를 지나치는데, 그녀가 사람들에게 도움을 요청했다. 나는 "돈이 필요해요"라고 들었다. 그래서 지갑을 열어 100달러를 건넸다. 그런데 아기 엄마는 "돈이 아니라 머물 곳이 필요해요"라고 말했다. 나는 지금 내가 그럴 사정이 아니라고, 이 돈이 도움이 되길 바란다고 말한 후 모녀를 뒤로한 채 걸음을 재촉했다.

오늘까지도 그때 아기 엄마의 눈이 생각난다. 그 간절하던 눈빛이…. 그게 여전히 내 마음 한구석에 걸려 있다. 누군가가 그녀를 도와주었길 바란다. 그게 나였어야 했는데….

사랑하는 하느님, 잠깐 시간을 주신다면 아무것도 바라지 않고 그저 가진 것에 감사하다고 말하고 싶습니다.

○

신은 우리 가족에게 아델을 주셨다. 내게 남동생은 황금 같은 존재다. 아델은 참을성 있고, 겸손하고, 재미있고, 침착하고, 매우 자상하다. 대학을 졸업하고 들어간 첫 번째 직장에서 나는 차가 필요했다. 작은 방송국이었기 때문에 리포터들은 각자 자기 차로 취재를 해야만 했다. 당시 나는 무일푼 신세였는데, 고물차라도 사기 위해 중고차 시장에 갈 때 아델이 동행해주었다. 자동차 딜러는 돈을 먼저 내지 않고서는 차를 살 수 없다고 했고, 나는 난처한 지경이었다. 그때 누가 1,000달러 수표를 써줬을까? 맞다. 아델이다. 아델은 여름 내내 파파이스에서 일해서 받은 돈을 전부 저축하고 있었다. 그런데 아무렇지도 않게 수표책을 꺼내 1,000달러라고 쓴 다음 서명했다. 여름 내내 고생해서 번 돈을 내게 쓴 것이다.

사랑하는 하느님, 아델을 동생으로 보내주신 데 대해 그 덕에 제가 받은 많은 축복에 대해 감사드립니다.

11월 23일

어떤 이는 우리 삶에 들어왔다가 훌쩍 가버린다.
그는 잠깐 머물다가 우리 마음에 발자국을 남기고 떠나지만,
우리는 절대 예전으로 돌아갈 수 없다.

플라비아 위든 Flavia Weedn   ○

어떤 이는 가볍게 걷고 어떤 이는 쿵쿵거리며 걷지만 모든 발
자국이 중요하다. 발자국들은 늘 우리에게 가르침을 준다.

이길 때도 있고,
져서 배울 때도 있는 법이다.

존 C. 맥스웰 John C. Maxwell

○

이기면 물론 좋다.
하지만 져도 배울 게 있다면 밑지는 장사는 아니다.

11월 25일

●

감사하는 마음은 모든 미덕의 어버이다.

마르쿠스 툴리우스 키케로 Marcus Tullius Cicero

○

내가 추수감사절을 좋아하는 이유 가운데 하나는 감사하는 마음이 이날의 핵심이기 때문이다. 감사하는 마음은 확실히 1년 내내 우리에게 일용할 양식이 된다.

11월 26일 ●

나는 "잔이 반이나 찼네"라고 하는 타입이 아니다.
"내 잔을 어디다 뒀지?" 하는 타입이다.

○

나는 저 두 가지 타입 모두에 해당한다.

기적은 당신이 두려움에 주는 것만큼 꿈에 에너지를 줄 때 시작된다.

리처드 윌킨스 Richard Wilkins   ○

보컬 서바이벌 예능 프로그램 〈더 보이스 시즌 14〉에 캐시와 내가 팀을 이뤄 참가하게 됐다. 우리는 블라인드 오디션에 나가 제임스 테일러의 〈유브 갓 어 프렌드(You've God a Friend)〉를 불렀다. 분명한 건 캐시는 노래를 잘하고, 나는 못한다는 것이다. 우리를 무대 뒤에서 도와줬던 크리스 제너는 내가 노래를 시작하자 "이런, 호다. 신의 축복이 있기를!"이라고 외쳤다. 심장이 두방망이질치고 겁이 났지만, 나는 팔을 흔들고 끙끙 앓는 소리를 내면서 열심히 불렀다.

마침내 켈리 클라크슨, 얼리샤 키스, 블레이크 셸턴, 애덤 러빈 모두 뒤돌아 있던 의자를 돌려 우리를 향했다! 심사위원 네 명이 모두 합격 점수를 준 것이다. 그날 블레이크가 명언을 날렸다. "호다, 캐시가 당신을 구한 줄 알아요."

11월 28일
●

숫자는 신경 쓰지 마세요.
한 번에 한 사람씩, 당신과 가장 가까운 사람부터 도우세요.

마더 테레사
○

일요일마다 나는 스피닝 수업을 들으면서 음악과 한 몸이 되어 수 마일을 달렸다. 어느 날 아침, 강사 수 몰나가 레너드 코언의 〈할렐루야(Halleluja)〉를 틀었다. 신성함이 담긴 가사를 듣고 있자니 감정의 벽이 허물어지기 시작했다. 하지만 감정을 단단히 붙잡고 더 열심히 페달을 밟았다. 그런데 갑자기 누군가가 자전거에서 내렸다. 그러고는 방을 돌며 한 명씩 안아주기 시작했다. 노래에 감동한 그는 그냥 두 팔을 벌리고 싶어 했고, 그것을 모두가 허락했다. 그가 다가오면 열심히 굴리던 발을 천천히 늦추고 순간을 공유했다. 그가 나를 감싸 안았을 때 나는 눈물이 쏟아졌다. 내가 가지고 온 모든 마음의 쓰레기가 내 얼굴을 타고 흘러내렸다. 그 남자는 어땠을까? 그는 용감했고 무너지지 않았다.

그 주말에 내가 한 모든 일 중에서 〈할렐루야〉를 들었던 4분 39초의 시간이 최고의 순간이었다.

가끔 당신은 멀리 외떨어진 곳에 있는 자신을 발견하고,
가끔은 자신을 찾기 위해 멀리 외떨어진 곳으로 간다.

○

나는 이것이 사람들이 하이킹, 캠핑, 방랑을 좋아하는 이유라
고 생각한다. 나는 햇살이 내리쬐는 해변에 느긋하게 누워 있
는 걸 좋아한다.

11월 30일 ●

온라인 쇼핑을 하는 이유는?
노브라에 트레이닝복 바지를 입고 와인을 마신 채로
매장에 가는 것이 싫어서.

○

이 문장에는 진짜 토를 달 수가 없다. 완전히 내 얘기다!

12월

DECEMBER

12월 1일　●

프랑스어로는 "나는 당신이 그리워요(I miss you)"라고 하지 않는다. '당신은 나를 불완전하게 해요(You are missing from me)'라는 의미인 "뛰 므 멍끄(Tu me manques)"라고 한다.

○

이 글을 읽으면 두 손으로 만든 하트 모양이 떠오른다. 하트 가운데에 '당신은 나를 불안전하게 해요'라고 쓰여 있다. 사실 우리는 완전해지고 싶어서 상대를 그리워하는 게 아닐까?

사람들은 무엇을 허용하고, 멈추게 하고, 강조하는지로
타인에게 자신을 대하는 법을 알려준다.

토니 A. 가스킨스 주니어 Tony A. Gaskins Jr. ○

이 사실을 조금 더 일찍 깨우쳤더라면 좋았을 텐데…. 나이가
들면서 인간관계의 경험이 쌓이면 조금은 쉬워질지도 모르겠
다. 지금은 허용하거나 멈추게 하거나 강조하는 게 기분에 많
이 좌우되는 것 같다. 부디 그게 나와 동일시되지 않기를 바랄
뿐이다.

전혀 다른 일이 일어날 수도 있었을 거라는 환상은 그냥 버리세요.

제프 포스터 Jeff Foster ○

우리는 모두 과거를 다시 쓰거나 다시 기억하려 든다. 하지만 '그랬더라면' 하고 바라기보다는 실제로 일어난 일을 그대로 받아들이는 게 어떨까? 그러면 과거 때문에 괴로워하는 대신 현재에 최선을 다할 수 있을 것이다.

인생에서 강렬하고
행복하고 황홀하고
아름다운 것에 집중한다면,
우주는 계속 그것들을
선사할 것입니다.

○

그리고 정말로, 그런 인생이 훨씬 더 의미 있지 않을까?

12월 5일 ●

시간을 어떻게 보내느냐가 그 사람을 규정한다.

조너선 에스트린 Jonathan Estrin ○

그건 매시간이 소중하기 때문일 것이다. 돈은 써서 없어지더라도 다시 벌면 된다. 하지만 시간은 한번 쓰면 영원히 사라지고 만다.

12월 6일 ●

새로운 시작의 문제는 뭔가 다른 걸 끝내야 한다는 거야.

〈가십걸〉 ○

작별 인사는 매우 힘들 수 있지만, 새로운 시작을 위해 길을 열어준다는 점에서는 꽤 멋진 일이다.

12월 7일 ●

우리가 모두를 도울 순 없을지라도, 모두가 누군가를 도울 수는 있다.

로널드 레이건 Ronald Reagan   ○

이 글은 작가 앤 라모트의 이야기를 생각나게 한다. 앤은 어렸을 적 오빠의 일화를 들려줬다. 앤의 오빠는 새에 관해 조사해 오라는 숙제가 있었지만, 계속 미루다가 결국 마감 하루 전날까지 왔다. 그는 무엇을 어떻게 해야 하고, 어디서부터 시작해야 할지 몰라 괴로워하고 있었다. 그때 앤의 아버지가 아들을 구하러 나섰고, 한 번에 하나씩 해나가라고 독려했다. "새 한 마리, 한 마리씩 하면 된다. 한 마리씩 차근차근 처리하면 돼." 주변을 잘 살펴보라. 오늘 누군가에게 작은 격려가 필요할지 모르니 말이다.

감사할 건 항상 있다.

○

수 몰나는 내가 좋아하는 스피닝 강사로, 나는 그녀를 '소울 사이클 수'라고 부른다. 2017년에 수는 암 진단을 받아 투병에 나섰고, 감사하게도 지금은 완치됐다. 나는 수가 불과 말 몇 마디로 우리 모두를 정신이 번쩍 들게 하고 운동에 대한 열의를 일으킨 그날을 잊지 못한다.

수는 머리카락이 하나도 없는 채로 스피닝룸을 걷고 있었고, 우리는 헉헉거리며 이제 그만 자전거에서 내려가길 바라고 있었다. 그때 수가 이렇게 말했다. "제가 지금 자전거를 탈 수 있다면 바랄 게 없겠어요." 수의 목소리가 헤드셋을 타고 쩌렁쩌렁 울려 퍼졌다. 와! 갑자기 우리의 페달 밟는 속도가 두 배로 빨라졌다. 우리는 모두 엉덩이를 떼고 일어나 미친 듯이 페달을 굴렸다. 수는 우리 마음에 치명적인 폭탄을 떨어뜨렸고 우리는 반응했다. 오늘도 그리고 내일도, 우리는 매일 무엇에도 감사할 수 있다.

12월 9일 ●

인생을 즐기기로 마음먹었다면,
모든 게 완벽해질 때까지 기다리지 마세요.

조이스 마이어 Joyce Meyer ○

현관에 작은 것에서 큰 것까지 신발이 어지럽게 흩어져 있다면, 그것은 불완전하지만 완벽하다. 신발이 그렇게 있다는 건 내가 좋아하는 사람들이 집에 와 있다는 뜻이기 때문이다.

용기를 북돋는 사람이 되세요.
비판하는 사람은
세상에 이미 많으니까요.

데이브 윌리스 Dave Willis

○

자, 우리 모두 치어리더가 되어 힘껏 외쳐봅시다.

"힘내! 할 수 있어!"

삶을 단순화하는 게 세상에서 가장 힘들다.
복잡하게 하기는 쉽다.

이본 쉬나드 Yvon Chouinard　○

지금 내 스마트폰에는 읽지 않은 이메일이 1만 1,942통, 읽지 않은 문자가 176개, 듣지 않은 음성 메일이 91개, 확인하지 않은 앱 119개와 사진 1만 9,299개, 그리고 무수한 노래가 있다. 몽땅 삭제하고, 오늘부터 단순하게 살기로 했다!

불안감에서 해방됐을 때 무엇을 할 수 있을지 상상해보라.

브리지트 드부에 Bridgett Devoue ○

캐시가 자주 하는 말이 있다. "신경 안 쓸래." 앞으로 계속 나가고 있을 때, 자기 진짜 모습일 때, 불안감을 떨치고 마음이 이끄는 대로 가고자 마음먹었을 때 캐시가 하는 말이다.

NBC에서 일하던 한 인턴은 자기 어머니가 캐시의 자신감 있는 모습에 영감을 얻는다고 말한 적이 있다. 그 인턴의 어머니는 자신감이 필요한 상황에 부딪혔을 때 "캐시를 만나러 가야겠구나"라고 말한다. 나도 오늘 캐시를 만나러 가볼까 싶다.

12월 13일 ●

주변에 아름다움을 더할 때마다 당신의 영혼도 회복된다.

앨리스 워커 Alice Walker ○

어느 월요일, 사진작가인 리처드 피브스와 인터뷰를 했다. 리처드는 30대 시절(그때는 사진이 취미에 지나지 않았다), 개인적인 역경을 몇 차례 겪으면서 심리 치료를 받았다고 말했다. 그때 치료사가 "창작이 치유 방법이 될 수 있어요. 아름다운 것을 세상 밖으로 내놓는 거죠"라고 말했다고 한다.

치료사의 말에 회의적이었지만 호기심이 생겼던 리처드는 카메라를 들고 친구들의 얼굴을 찍기 시작했다. 그리고 얼마 후 그가 찍은 사진들이 의류 브랜드 랄프 로렌의 캠페인 광고에 실리게 됐다. 리처드는 그 소식을 듣고는 '대체 이게 무슨 일이지?'라고 생각했다고 한다. 그리고 이후 패션 화보를 비롯해 메릴 스트리프, 제이지, 힐러리 클린턴과 같은 유명 인사들의 사진을 찍으며 성공의 길을 걸었다.

리처드가 그날 방송에서 말했던 '아름다운 것'이란 말이 앨리스 워커의 명언을 인스타그램에 올리도록 영감을 주었다.

속도를 줄이세요.
행복이 당신을 붙잡으려 하고 있으니까요.

○

적어도 행복이 당신에게 달려들고, 당신을 간지럽히고, 잠시라
도 머물 수 있게 하라. 그러려면 당신의 속도를 줄여야 한다.

당신의 세계가 무너질 때 가장 중요한 일은 일단 그 자리에 있는 것이다.

홀리 골드버그 슬로언 Holly Goldberg Sloan

○

당신의 세계가 언제 무너질지는 누구도 모른다. 일단 무너지면 당신은 그 자리에서 시작해야 한다. 매 순간을 중요시해야 하는 이유가 바로 이것이다.

12월 16일

자유는 힘든 대화를 통해 나온다.
대화가 힘들수록 자유는 커진다.

숀다 라임스 Shonda Rhimes

○

누구도 상처받거나 실망하거나 거절당하고 싶어 하지 않는다. 그래서 아예 대화를 피하기도 한다. 하지만 지레짐작으로 부정적인 생각을 키우는 것보다는 확실히 터놓고 말하는 게 더 낫지 않은가?

12월 17일　●

이 세상에서 가장 아름다운 것들은 보이거나 만져지지 않는다.
단지 가슴으로만 느낄 수 있다.

헬렌 켈러　○

보이거나 만져지지 않는다는 점에서, 음악은 가장 아름다운 것
중 하나임이 틀림없다.

12월 18일 ●

아이를 갖기로 한 건 중대한 결정이다.
그것은 당신의 심장을 영원히 몸 밖으로 꺼내놓겠다고 결심하는 일이다.

엘리자베스 스톤 ○

50대도 중반에 이르렀을 무렵, 아이를 갖고 싶다는 꿈을 당당하게 밝히라는 작은 신호가 집요하게 나를 괴롭혔다. 꽤 오랫동안 나는 혼잣말을 해왔다. "너무 나이 든 건 아닐까? 바쁘게 살면서 엄마라는 중요한 역할을 내가 해낼 수 있을까?" 그때 샌드라 불럭이 느지막한 나이에 아이들을 입양했다는 글을 읽게 됐다. 샌드라와 기운을 북돋아 주는 통화를 하고 나서 내 심장이 말했다. "안 될 게 뭐 있어?"

얼마 후, 오랫동안 품어왔던 소망을 조엘에게 말하기로 했다. "지금 당장 대답하지 않아도 돼. 아기를 입양할 수 있는지 당신의 생각을 듣고 싶어." 그랬다. 나는 세상에 내 꿈을 내놓았다. 조엘은 뜸 들이지 않고 바로 대답했다. "그렇게 하자."

아기를 기다리는 동안 나는 스톤의 문구를 인스타그램에 올렸다. 그리고 몇 주 후 우리 아기가 도착했다.

품위를 좇으라.

○

2016 리우데자네이루 올림픽에서 가장 기억에 남는 순간 중 하나는 여자 5,000미터 예선에서 펼쳐졌다. 정확하게 떠올리자면 나는 당시 세계 방송단을 위해 임시로 마련한 국제 방송 센터에서 시합을 관람하고 있었다.

결승점까지 네 바퀴를 앞두고 뉴질랜드 대표 니키 햄블린과 미국 대표 애비 대거스티노가 충돌해 서로 뒤엉키며 넘어졌다. 그다음에 일어난 일이 정말 인상적이었다. 대거스티노는 다친 다리로 절뚝거리면서 자신의 경쟁자를 도와 함께 뛰기 시작했다. 진정 품위 있는 행동이었다. 그러나 고통이 심했던 햄블린이 계속 달릴 수 없게 되자 대거스티노는 그녀 곁에 남아 포옹하며 그녀를 위로했다. 전에 한 번도 만난 적이 없는 선수들의 우정이었다. 수백만 명이 이런 이타적인 행동에 감동했다.

이후 햄블린은 말했다. "2016 리우데자네이루를 돌아볼 때 가장 기억나는 것은 결승전에 들어온 것도, 제 기록도 아닐 거예요. 바로 그 순간이 항상 떠오를 것 같아요."

12월 20일 ●

머리가 아는 사실을 가슴이 받아들이려면, 때로는 긴 시간이 필요하다.

○

맞다. 하지만 가슴이 사실을 받아들이기까지 시간의 양은 사람마다 절대 같지 않다. 누군가에게 어떤 아픔은 너무 깊어서 시간이 좀더 필요할 것이다.

나는 봤노라.

신

○

신이 무엇을 봤을지 염려하지 말라.
우리는 일상을 진실하게 지속하면 된다.

12월 22일 ●

인내의 비결은 그사이에 뭔가 다른 것을 하는 것이다.

크로프트 M. 펜츠 Croft M. Pentz

○

이게 사람들이 기술과 많은 시간을 보내는 이유인 것 같다. 옳고 그름을 떠나 불안하고 걱정이 될 때 화면은 쉽게 도움을 얻을 수 있는 곳이다. 그런데도 스마트폰을 들여다보지 않고 뜨개질을 하는 사람은 틀림없이 참을성이 많은 사람이다.

12월 23일　●

완전히 무너져도 괜찮다.
거기에 짐을 풀고 살지만 않으면 된다.

○

이 말에 충실한 사람은 바로 어린아이들이다. 나는 헤일리가
얼마나 빨리 바뀌는지 깜짝깜짝 놀란다. 방금 흘린 눈물이 채
마르기도 전에 키득거리니 말이다.

12월 24일 ●

설레는 마음으로 양말을 걸어두고,
아이들은 아늑한 침대에 누워 사탕들이 춤을 추는 꿈을 꿨지.

클레멘트 클라크 무어 Clement Clarke Moore**의 시**
〈성 니컬러스의 방문 A Visit from St. Nicholas〉

○

나는 이 달콤한 장면을 참 좋아한다. 또 좋아하는 장면이 있다.
우리에게 줄 선물을 잘 포장한 뒤 흐뭇해하시던 부모님의 모습
이다. 크리스마스에는 어수선함과 축하가 어우러지지만, 모든
게 너무 멋지다!

왜 사람들이 선하다고 믿어야 할까?

캐런 살만슨 Karen Salmansohn ○

2016년 크리스마스에 〈투데이〉의 프로듀서 로빈 신들러와 나는 산타에게 "따뜻한 스웨터가 필요해요" "저는 일곱 살이고 엄마랑 세 형과 함께 살아요. 저희가 받을 만한 선물을 주세요"와 같은 편지를 쓴 불우한 아이들을 놀라게 할 계획을 짰다.

브루클린의 YMCA 소속 초등학교 4학년 학생들이 요정이 되어 편지 읽기와 선물 포장을 도와주었다. 프로젝트를 진행하는 동안 나는 머리에 요정 귀를 달고 편지를 읽고 있는 여학생을 발견했다. 그 아이는 "선물을 주게 돼서 행복해요. 그런데 슬프기도 해요. 저는 크리스마스가 있어야 하는지도 몰랐거든요"라고 말했다.

울컥했다. 저 작은 소녀의 내면에 저렇게 큰 마음씨가 들어 있다니! 크리스마스는 주는 것보다 받는 게 더 행복하다는 걸 우리 모두에게 일깨워주는 날이다.

때로는 이기기 전에 항복해야 한다.

그레고리 데이비드 로버츠 Gregory David Roberts ○

때로는 내려놓을 때 마음이 홀가분해진다. 때로는 긴 휴식이 필요하기도 하고, 때로는 그저 새로운 하루가 필요하기도 하다. 특히 연말에는 정말이지 항복하는 게 행복의 지름길이라는 생각이 든다.

12월 27일 ●

혼돈을 받아들이고 즐거움을 선택하라.

○

싱크대는 끈적거리고 바닥은 아이들 물건으로 어지럽혀 있어도 나는 마냥 좋기만 하다.

우연이란
신이 모습을 숨기고
행하는 기적이다.

o

어떤 사람들은 우연을 '신의 윙크'라고 말하기도 한다.

나는 이 표현도 좋다.

12월 29일 ●

미소를 짓는다고 해서 반드시 행복하다는 의미는 아니다.
때로는 당신이 강하다는 의미이기도 하다.

○

미소 뒤에는 참 많은 것이 담겨 있다. 가끔은 미소가 순전히 의
지의 산물일 때도 있다.

12월 30일 ●

분노, 후회, 분함, 죄책감, 비난, 걱정은 하나씩 지워나가라.
그런 다음 건강과 인생을 돌봐라.

찰스 F. 글라스만 Charles F. Glassman ○

설탕과 소금처럼 감정도 중독될 수 있다. 새해 다짐 목록을 만들 때, '부정적인 혼잣말 줄이기'도 꼭 넣자.

12월 31일 ●

내일은 365쪽 책의 첫 번째 빈 장이다.
좋은 글을 쓰자.

브래드 페이즐리 Brad Paisley ○

새 출발에 대한 기대감은 새해 전날을 생기 넘치게 한다. 할라 언니와 나는 새해 카운트다운을 몇 시간 앞두고 돌연 계획을 바꾼 적이 있다. 할라 언니는 나를 보기 위해 뉴올리언스에 와 있었고 우리는 새해를 축하하기 위해 밤 축제에 갈 계획이었다. 아주 멋지게 옷을 차려입고 집을 나서기 직전 서로를 쳐다보다가, 내가 말을 꺼냈다. "그냥 집에 있을까?" 언니는 웃음을 터트리며 바로 동의했다.

우리는 파티복을 벗고 잠옷으로 갈아입은 뒤 팝콘을 옆에 끼고 영화를 몰아보며 멋진 저녁을 보냈다. 우리 둘은 그날 저녁이 얼마나 즐거웠는지 지금까지도 이야기하곤 한다.

미래의 비밀은
당신의 일상에 감춰져 있다

마이크 머독

오늘 나에게 정말 필요했던 말이에요

나는 이 책을 독자들과 얼른 공유하고 싶어 참을 수가 없었다. 인스타그램에서 소통하는 것도 물론 좋지만, 간직할 수 있고 지니고 다닐 수도 있는 책이라는 것에는 뭔가 특별한 게 있다고 생각해서다. 명언과 짧은 기록으로 엮은 아늑한 묶음집을 통해 한 번에 한 페이지씩 독자들과 또는 누군가 한 사람과 연결되기를 바란다.

2019년 3월, 나는 나의 두 번째 동화책 출간 기념으로 강연 투어를 시작하며 내게 굉장히 멋진 일이 벌어지고 있음을 알아챘다. 투어를 진행하는 내내 마치 우주가 손을 들어 이 책을 출간해달라고 내게 요청하는 것만 같았다. 믿을 수가 없었다! 행사장에서 만난 사람들은 내게 "인스타그램에 올린 글 중에서 가장 좋아하는 명언이 뭔가요?"라고 묻곤 했다. 또는 "이걸 한번 보세요! 제게 가장 의미 있는 명언을 적었어요"라고 말하며 내게 쪽지를 건네기도 했다. 내가 들르는 곳마다, 심지어 직장 내 휴게실에서도 사람들은 명언에 대한 자신의 느낌을 공유하고 싶어 했다. 하나로 이어진 사람들의 열정에 전율이 일었다.

이 책의 기획은 이미 진행되고 있었지만, 말의 힘을 둘러싼 사람들의 열광을 목격하고 나니 이것이 책으로 나왔을 때 매우 강력한 효과를 낼 거라는 확신이 생겼다. 많은 사람이 키보드를 두드려서 얻는 글보다는 손에 들고 읽는 명언을 원하는 것 같았다. 이 책의 제목 역시 내게는 의미가 깊다. 인스타그램에 올린 명언 아래 댓글난에 "오늘 나에게 정말 필요했던 말이에요"라고 쓴 수많은 독자에게서 영감을 얻었기 때문이다.

이 책을 다 읽고 난 지금, 어떻게 느꼈을지 궁금하다. 하루에 하나씩 의미를 곱씹으며 읽었을까, 아니면 30분 만에 완독했을까? 어쩌면 지금 뭔가를 해보려 하거나, 한 번 더 읽어보려 하거나, 깊이 숨을 들이마시며 의욕에 차 있을지도 모르겠다. 뭐든 좋다! 결국, 명언이 아니라 모두 당신이 한 것이다. 이 책을 읽고 뭔가를 느꼈다면, 그것을 다른 사람과 나누기를 바란다.

감사의 글

오랫동안 함께 나눈 숱한 명언을 읽고 댓글을 남겨준 모든 독자에게 가장 먼저 고마움을 전합니다. 여러분 한 사람, 한 사람이 명언에 마음을 열어준 것이 나에게는 큰 힘이 됐습니다. 여러분이 사랑하는 사람과 좋은 글을 나누던 방식도 얼마나 아름다웠는지 모릅니다. 어려움으로 가득한 삶과 일상을 이어가기 위해 우리에겐 반드시 서로가 필요합니다. 고맙습니다.

더 나은 내가 될 수 있고, 다른 사람의 마음을 다독일 수 있고, 세상을 바꿀 수 있도록 단어들을 결합해준 모든 분께 영원히 감사하다는 인사를 드리고 싶습니다.

케이트 호이트, 당신이 없었다면 이 책은 세상에 나오지 못했을 거예요. 당신은 에이전트로서 능력도 뛰어나지만, 마음도 따뜻한 사람입니다. 당신은 세상을 있는 그대로 볼 뿐 아니라 이 책을 위한 기발한 아이디어도 내놓았습니다. 책이 출간되면 성공하리라는 점도 예측했겠지만, 이 책이 사람들에게 도움이 된다고 강력히 주장해 우리에게 확신을 주었죠. 그것이 제가 펭귄랜덤하우스의 팀을 좋아하는 이유랍니다. 당신은 이 책이 독자들에게 영감과 위안, 즐거움을 줄 수 있다는 것을 확실히 믿은 첫 번째 사람입니다.

미셸 하우리 편집장님, 당신은 모든 것을 포용해주셨습니다. 디자인을 망치고 마감일을 어기는 요청조차도 말이에요. 조직을 최대한 효율적으로 이끌고, 응원하고, 우리가 결승전에 이를 수 있도록 전문적으로 이끌어준 것에 감사드립니다. 알렉시스 웰비, 애슐리 매클레이, 크리스틴 볼, 샐리 킴, 이반 헬드, 여러분의 열의와 창의성에 감사드립니다. 그리고 성실한 영업팀 여러분, 당신들의 열정은 진심으로 대단하다고 생각합니다. 고맙습니다.

끝으로 끼로 똘똘 뭉친 내 친구 자니, 네가 얼마나 멋진 사람인지 넌 모를 거야. 내가 불가능하다고 여기는 일들을 너는 행동으로 옮기지. 너의 재능에 경외감을 느껴. 이런 칭찬의 말에 손사래를 칠 네 모습이 보인다. 그래서 내가 더 사랑하는지도 모르겠다.

오늘
나에게
정말
필요했던
말

I Really Needed This Today

1일 1페이지 일상의 따옴표
오늘 나에게 정말 필요했던 말

제1판 1쇄 인쇄 | 2020년 12월 11일
제1판 1쇄 발행 | 2020년 12월 18일

지은이 | 호다 코트비, 제인 로렌치니
옮긴이 | 김미란
펴낸이 | 손희식
펴낸곳 | 한국경제신문 한경BP
책임편집 | 윤혜림
저작권 | 백상아
홍보 | 서은실 · 이여진 · 박도현
마케팅 | 배한일 · 김규형
디자인 | 지소영
본문디자인 | 디자인 현

주소 | 서울특별시 중구 청파로 463
기획출판팀 | 02-3604-590, 584
영업마케팅팀 | 02-3604-595, 583   FAX | 02-3604-599
H | http://bp.hankyung.com   E | bp@hankyung.com
F | www.facebook.com/hankyungbp
등록 | 제 2-315(1967. 5. 15)

ISBN 978-89-475-4662-1 03840

《오늘 나에게 정말 필요했던 말》에 보내는
독자들의 찬사

이 책은 달콤하고 재미있는 동시에 따뜻하다. 책을 펼치는 순간, 오늘 나에게 정말로 필요했던 한 마디를 선물 받을 수 있다.

Kate R

매일 읽는 지혜의 말. 이 책을 읽는 365일 동안 나를 응원하는 메시지가 매일 나를 기다리고 있다는 것에 든든함을 느꼈다.

Julie M. Ounanian

이 책은 내 하루의 가장 중요한 시작이다. 호다는 내 아침의 루틴을 완전히 바꾸었다. 나는 이 책에 쓰여진 명언을 매일 하루에 하나씩 읽고 하루종일 곱씹으며 생각한다. 그녀의 문장들은 나의 하루를 바꾸었고, 인생을 긍정적으로 변화시켰다. 1년 365일 사랑과 응원으로 가득 찬 이 멋진 책을 당신도 읽어보길 바란다.

Pjh

오늘은 또 그녀가 어떤 멋진 말과 유머러스한 생각을 들려줄지 기대된다.

CATK

나는 침대에서 나와 안경을 찾기도 전에 읽을 수 있도록 항상 이 책을 침대 옆에 둔다. 호다의 문장들은 짧고 직접적인 메시지를 담고 있지만 마치 감자 칩처럼 중간에 중지하기 어렵다! 그녀의 상쾌한 관점, 개인적인 경험, 통찰력은 누구에게나 큰 선물로 다가올 것이다.

s peters

우리는 우리의 삶에서 일어나는 모든 일에 대해 생각할 것이 너무나 많다. 이때 좋은 명언은 잃어버린 동기를 찾아주고, 의욕을 되살리며 우리를 다시금 일어서게 한다.

the nut